로빈슨 크루소

일러두기

• 이 책은 Daniel Defoe, 『The Life and Adventures of Robinson Crusoe』(Project Gutenberg, 2004)
를 참고했습니다.

진형준 교수의 세계문학컬렉션

15

대니얼 디포 지음

로빈슨 크루소

Robinson Crusoe

살림

대니얼 디포

작자 미상의 17~18세기경 작품.

「런던 대화재 The Great Fire of London」

영국 화가 필립 제임스 드 루테르부르의 1797년경 작품. 디포는 영국 런던에서 태어났지만 정확한 출생 장소와 출생 연도는 알 수 없다. 1659년에서 1662년 사이에 태어난 것으로 추측한다. 디포의 파란만장한 일생을 예고하듯 그의 어린 시절에는 많은 사건이 있었다. 1665년에는 런던 대역병이 일어나 흑사병으로 7만~10만 명이 죽었다. 다음해인 1666년에는 런던 대화재로 런던 시민 8만 명 중 7만 명이 집을 잃었으나, 다행히 디포 가족의 집은 무사했다. 1667년에는 프랑스와 동맹을 맺고 영국과 맞서던 네덜란드의 함대가 런던을 습격했다. 그가 살았던 시대는 정치, 사회의 격동기였다.

「**필러리형을 받는 대니얼 디포** Daniel Defoe in the pillory」

영국 화가 제임스 찰스 아미티지의 1862년 판화 작품. 1702년 디포는 풍자적인 팸플릿『비국교도 대책 지름길』을 발표했다가 체포되어 엄청난 벌금형과 형틀인 필러리(pilory)에 묶여 대중 앞에서 망신을 당하는 필러리형을 선고받았다. 제목과 내용만 보면 정부 정책에 적극 찬성하는 듯하지만, 사실은 원래 비국교도인 디포가 영국 정부의 비국교도 탄압을 풍자하기 위해 쓴 팸플릿이었기 때문이다. 비록 수난을 당했지만 이 사건으로 디포는 대중에게 더 큰 인기를 얻었다고 한다. 비국교도는 영국국교회의 주교 제도와 예식 등에 반대하는 장로교, 침례교 등 프로테스탄트 교파를 가리킨다. 당시 영국 정부는 국교회를 따르지 않는 비국교도, 로마가톨릭교도 등을 심하게 탄압했는데, 디포의 부모는 장로교 신자였고 디포도 어릴 적 내내 비국교도 학교에서 교육받았다.

「남해회사 거품 사건 The South Sea Bubble」

영국 화가 에드워드 매튜 워드의 1846년 작품. 18세기 초 대니얼 디포가 연루되었던 '남해회사 거품 사건'
의 엄청난 투기 열풍을 묘사했다. 디포는 상인, 비밀요원, 언론인, 작가 등 여러 직업을 가졌지만 기본적으
로 장사꾼이었다. 그러나 무리하게 사업을 벌였다가 큰 빚을 지는 일이 많았으며, 빚 때문에 두 번이나 감
옥에 가기도 했다. 남해회사는 1711년 신대륙 사업을 목적으로 설립되었는데, 국가가 보증하는 회사라는
점과 신대륙에서 금광을 발견했고 스페인으로부터 남아메리카 전 지역 운항권을 따냈다는 소문에 100파
운드이던 주가가 1,000파운드로 치솟았다. 그러나 1720년 거짓이 드러나면서 주가는 폭락했고, 이 회사
에 거액을 투자했던 디포도 큰 손실을 입은 채 어마어마한 빚을 지게 되었다. 유명한 과학자 아이작 뉴턴
도 이때 남해회사에 투자했다가 막대한 손해를 보았다.

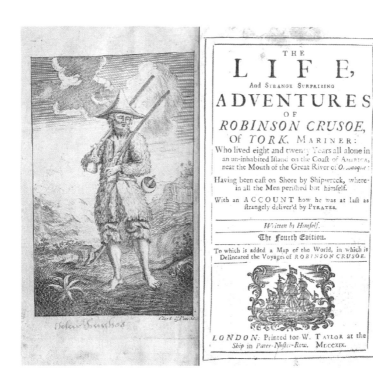

『로빈슨 크루소』 초판본

1719년 4월 25일 출간된 『로빈슨 크루소』 초판본의 권두 삽화와 표제지. 원제는 『로빈슨 크루소의 기이하고 놀라운 모험과 삶(The Life, and Strange Surprising Adventures of Robinson Crusoe)』이다. 이 초판본에 저자가 로빈슨 크루소로 되어 있어서, 많은 독자들이 그 이름을 가진 실존 인물의 실제 경험담을 소설로 쓴 것이라고 믿었다. 『로빈슨 크루소』의 인기는 대단해서 1719년 말이 되기 전에 4쇄를 찍었으며, 19세기 말경에는 서양 문학사에서 가장 많은 쇄와 파생 작품, 번역본을 자랑하는 작품이 되었다. 심지어 에스키모어, 콥트어, 몰타어로도 번역되었고, 어린이책을 비롯하여 700가지가 넘는 다른 판본이 나왔다. 이후로도 「캐스트 어웨이」「마션」 같은 영화나 TV 드라마 등 수많은 장르에서 이 소설에 영감을 받은 작품들이 계속 만들어지고 있다.

로빈슨 크루소 차례

바다로 나가고 싶다

　　　　　　나는 1632년 요크 시의 한 좋은 가정
에서 태어났다. 하지만 이곳 토박이는 아니었다. 아버지는 본
래 독일 브레멘 출신으로 영국으로 이주한 후 처음에는 헐 시
에 자리를 잡았다. 그곳에서 장사로 꽤 많은 재산을 일구신
아버지는 은퇴 후 요크 시로 옮겨와 사셨는데, 거기서 어머니
와 결혼하셨기 때문이었다. 외가는 로빈슨이라는 이름을 쓰
는 아주 좋은 집안이었고, 그래서 내 이름은 로빈슨 크로이츠
나에르가 되었다. 하지만 우리 가족의 성은 금방 크루소로 변
해버렸다. 영어에서 흔히 벌어지는 발음의 와전 현상 때문이
었다. 곧이어 우리 가족 스스로 그렇게 부르고 쓰게 되었으며,

내 친구들도 나를 로빈슨 크루소라 불렀다.

나는 세 형제 중 막내였다. 형님이 두 분 계셨지만 큰형은 전사했고 작은형은 어디 있는지 행방을 알 수 없는 상태였다. 아버지는 나를 법조계 인물로 키울 생각이셨다. 하지만 바다로 나가고만 싶었다. 온통 그 생각에 사로잡혀 어떤 일에도 마음을 둘 수 없었다.

내 생각을 눈치챈 아버지가 어느 날 나를 당신 방으로 부르셨다. 아버지는 통풍 때문에 거의 방에 갇히다시피 생활하고 계셨다. 아버지가 내게 들려주신 따뜻하고 진지한 훈계를 간추리면 다음과 같다.

'무슨 이유로 집과 조국을 떠나려는 거냐? 단순한 방랑벽 외에 다른 이유가 있느냐? 열심히 노력하고 부지런하기만 하면 안락한 생활이 보장될 수 있는데 왜 그러는 거냐? 해외로 나가겠다는 네 계획은 너에겐 어울리지 않는다. 그런 건 인생을 포기한 사람이거나 막대한 재산이 있는 사람에게나 어울리는 일이다. 그런 사람들이나 평범한 인생 항로에서 벗어나 성공을 거둘 수 있다.'

모두 지당하신 말씀이셨다. 요컨대 중산층, 또는 하층 상류 정도의 신분이라는 것이었다. 이어서 아버지는 중산층이야말로 세상에서 가장 안락한 계층이며 인간이 행복을 누리기에 가장 적합한 신분이라고 말씀하셨다. 아버지 말씀의 요지는 대충 다음과 같았다.

'중산층은 육체노동을 하는 사람들이 겪는 고통과 불행, 고생을 겪지 않는다. 또한 상류층 사람들처럼 오만, 사치, 야망, 질투에 사로잡혀 엉뚱한 짓을 저지를 위험도 없다.'

아버지는 중산층의 삶이 얼마나 복된 것인지 아주 길게 설명해주셨다. 절제된 생활을 하며 살기에 방탕으로 인한 질병에 걸릴 확률이 낮다, 절제와 중용과 풍요와 평온 등은 모두 중산층에게만 따라다니는 미덕이다, 중산층만이 달콤한 삶의 과일들을 현명하게 맛볼 수 있다, 등이 아버지가 해주신 이야기였다. 긴 이야기 끝에 아버지는 이렇게 덧붙이셨다.

"만약 너도 네 형처럼 바보 같은 짓을 한다면 하느님께서 축복을 내려주시지 않을 거다. 그리고 언젠가는 내 충고를 무시한 걸 뼈저리게 반성하게 될 거야. 다시 예전 생활로 돌아가려 해도 곁에서 도와줄 사람이 하나도 없을 거야."

내게는 아버지의 마지막 말씀이 뭔가 예언처럼 들렸다. 아버지는 그 말씀을 하시면서 눈물을 보이셨다. 아버지 말씀에 진정으로 감동받았다. 결국 해외로 나가겠다는 생각을 접고 아버지 소망대로 그대로 집에 남아 안락한 생활을 하기로 결심했다.

하지만 그 결심은 오래가지 못했다. 배를 타고 밖으로 나가겠다는 내 욕망은 나로서도 어쩔 수 없었다. 그러나 처음부터 부모님 몰래 도망치려 한 것은 아니었다. 어머니를 설득하기로 마음먹었다. 내 나이가 이제 열여덟 살이나 되었으니 상인의 수련생이나 변호사 서기로 들어가기에는 너무 늦었다, 설사 그런 일을 하게 되더라도 금방 싫증이 나서 도망쳐 바다로 나갈 것이다, 아버지 허락을 받고 해외로 나가게 되면 금방 돌아와서 전보다 두 배 이상 열심히 일하겠다, 그러니 제발 아버지를 설득해달라, 하는 이야기를 어머니에게 했다. 내 이야기를 들은 어머니는 몹시 화를 내셨다. 도저히 나를 이해할 수 없다고 하시면서, 아버지가 반대하시는 일을 어머니가 허락할 수는 없다고 분명히 못을 박으셨다. 낙담해서 그대로 주저앉을 수밖에 없었다.

그런 일이 있은 지 약 1년 후, 결국 집을 도망쳐 나오고 말았다.

어느 날 우연히 헐 항에 갈 일이 있었다. 그때까지만 해도 내게는 도망칠 의도가 전혀 없었다. 그런데 내 친구 녀석이 나를 꼬드겼다. 자기 아버지 배를 타고 런던으로 갈 계획이니 함께 가자는 것이었다. 자기 아버지 배니 뱃삯도 필요 없고, 선장도 쉽게 태워줄 것이라고 했다. '배를 탄다!' 앞뒤 잴 필요도 없었다. 친구와 함께 무작정 배에 올랐다. 1651년 9월 1일이었다.

그런데 배가 험버 강을 벗어나자마자 바람이 일기 시작하더니 무서운 풍랑이 일기 시작했다. 배를 한 번도 타본 적이 없던 지독한 뱃멀미에 시달렸고 공포에 사로잡혔다. 아버지의 올바른 충고를 저버린 데 대해 하늘이 벌을 내리신 것이라고 속으로 자책했다. 풍랑이 더 심해지자 수도 없이 맹세했다.

'하느님, 이번 한 번만 목숨을 살려주십시오. 그렇게만 된다면 곧바로 아버지 곁으로 달려가 평생 다시 배를 타는 일은 하지 않겠습니다!'

사실 이 풍랑은 앞으로 내가 여러 차례 겪게 될 풍랑들에 비하면 아무것도 아니었다. 하지만 그것만으로도 풋내기인 내게 어마어마한 충격을 주기에 충분했다.

그런데 얼마 후 풍랑이 가라앉고 저녁이 찾아오자 그런 내 다짐은 어디론가 사라졌다. 한잠 푹 자고 다음 날이 되자 친구 녀석이 내게 말했다. 가벼운 파도에 새하얗게 질린 내 모습을 보고 좋은 방법을 생각해낸 것이었다.

"자, 가서 펀치 술이나 한잔하자. 그러면 폭풍우 따위는 싹 잊을 수 있을 거야."

나는 친구 녀석이 주는 술을 취하도록 마셨다. 그리고 내 행동에 대한 후회, 자책, 미래에 대한 다짐 따위는 깡그리 잊어버렸다. 마치 병에서 회복된 환자처럼 힘을 냈다.

바다로 나온 지 엿새째 되는 날, 우리가 탄 배는 야머스 항 외항의 정박지에 들어서서 닻을 내렸다. 그런데 그곳에 정박한 지 네댓새 쯤 지났을 때 거센 바람이 몰아치기 시작했다. 하지만 우리 배의 선원들은 태평이었다. 그들에게 외항 정박지는 안전한 항구나 마찬가지였다. 그들은 평소처럼 배 안에서 잠을 자거나 즐겁게 먹고 마시며 시간을 보냈다.

하지만 오산이었다. 이번 바람은 정말 심상치 않았다. 곧이어 정말 끔찍한 폭풍우가 밀려왔다. 배에서는 야단법석이 일었다. 무서움에 질린 삼등칸 선실에 누워 가만히 있었다. 그때 선장이 곁을 지나가며 기도하듯 내뱉는 소리가 들렸다.

"하느님, 제발 자비를! 모두 파멸입니다. 이제 끝장입니다."

그 소리를 들었을 때 내 심정이 어땠는지! 섬뜩한 공포감에 사로잡혔다. 일어나 선실 밖으로 나갔다. 난생처음 보는 무시무시한 광경이 눈앞에 펼쳐지고 있었다. 바다를 가득 메운 산더미 같은 파도들이 쉴 새 없이 우리 배를 때리고 있었던 것이다. 정박해 있던 옆의 배들 중에는 이미 침몰하고 있는 배도 있었다.

우리 배의 선장은 갑판장의 요청대로 돛을 모두 잘라냈다. 배는 이제 정박지에서 풀려나와 바다 위를 마구 요동치며 떠밀려가고 있었다. 선원들은 배가 침몰한다고 소리쳤다. 기도를 올리며 배가 침몰하는 순간을 기다리는 선원들도 있었다.

배에 물이 들어차자 모두들 펌프질을 해서 물을 퍼냈다. 하지만 아무 소용이 없었다. 정신이 하나도 없었고 어떻게 해야 할지 알 수도 없었다. 선창의 물은 계속 불어나 배가 침몰할 것이 분명했다. 그때 석탄 실은 배 한 척이 풍랑을 이겨내며 우리 배 가까이 지나갔다. 그 배의 선장은 고맙게도 우리를 도

우려고 과감하게 보트 한 척을 보내왔다. 천신만고 끝에 우리는 보트에 올랐다. 보트를 보낸 본선에 다가가는 것은 너무 위험했기에 우리는 해변 쪽으로 열심히 노를 저었다.

배에서 탈출한 지 15분도 안 되었을 때 우리는 우리 배가 침몰하는 모습을 똑똑히 볼 수 있었다. 그제야 바다에서 배가 침몰한다는 게 무엇을 의미하는지 확실히 깨달았다. 하지만 차마 그 광경을 똑바로 오래 바라보지 못했다. 선원들이 나를 보트에 태운 순간부터(아니, 태웠다기보다는 집어던졌다고 하는 게 옳으리라!) 이미 내 심장은 공포에 질려 멈춘 것이나 마찬가지였다.

보트는 선원들의 필사적인 노력으로 겨우 해변에 닿을 수 있었다. 많은 사람이 몰려와 우리가 보트에서 내리는 것을 도와주었다. 보트에서 내린 우리는 걸어서 야머스 항까지 이동했다. 그곳에서 우리는 재난을 당한 불운한 선원으로 인정되어 인도적인 대접을 받았다. 행정담당관들과 상인들, 선주들은 우리가 무사히 어디로든 갈 수 있을 만한 돈도 우리에게 주었다.

왜 그때라도 정신을 차리지 못했던 것일까? 그때라도 헐 항으로 돌아가 집으로 갔더라면 아무 일 없었으리라. 행복한 삶을 살아갈 수 있었으리라. 아버지께서 내게 살찐 송아지를 잡아주셨으리라. 아버지는 얼마 후 내가 타고 간 배가 야머스 항 정박지에서 난파당했다는 소식을 들으셨다고 한다. 하지만 아버지는 한참이 지난 후에야 내가 바다에 빠져 죽지 않았다는 사실을 확인할 수 있었다. 아, 아버지는 얼마나 상심하셨을까!

불길한 내 운명이 나를 강하게 부추겼다. 내 이성, 내 분별력은 분명 내게 집으로 돌아가라고 아우성치고 있었다. 하지만 내게는 운명을 이길 힘이 없었다. 도대체 그 운명을 무엇이라고 불러야 할까? 하늘이 정한 운명? 감히 그렇게 주장하고 싶지는 않지만 나를 계속 밖으로 몰아세우는 그 엄청난 힘을 하늘이 내린 천명이라고 부르는 것 외에는 달리 방법이 없다.

간단하게 말하자. 내게는 집으로 돌아갈 생각이 전혀 없었다. 무조건 런던으로 향했다. 그리고 재수가 좋아 썩 괜찮은 사람들과 어울리게 되었다. 그중 기니 해변에 한 번 다녀온 적이 있는 선장 한 명과 아주 친해졌다. 단 한 번의 교역으로 꽤 큰 성공을 거두었기에 그는 그곳에 한 번 더 다녀오려고 마음먹고 있었다. 내가 세상 구경을 하고 싶어 한다는 말을 들은 그는 자신과 함께 여행을 떠나지 않겠냐고 제안했다. 말벗만 되어주는 것만으로 충분하다며 공짜로 배를 태워주겠다고 했다. 더불어 나도 교역을 해서 재미를 볼 수 있을 것이며 항해에 대해 더욱 많은 것을 익힐 기회가 될 수 있을 것이라고 했다.

나는 순수한 우정에서 나온 그의 제안을 받아들였다. 그는 정직하고 좋은 사람이었기에 망설일 이유가 없었다. 선장이 구입하라고 권한 장난감과 잡화들을 40파운드어치 샀다. 40파운드의 제법 큰돈은 나와 연락을 주고받던 몇몇 친척들의 도움으로 마련했다. 내 생각으로는 아마 그들이 부모님 중 한 분을 설득하여 내 첫 사업 자금으로 내놓게 한 것 같았다.

그 선장과 함께한 본격적인 그 여행이 내 모든 모험 중에서 유일하게 성공을 거둔 것이라고 말할 수 있을 것이다. 그의 밑에서 항해에 필요한 모든 것을 배웠다. 그 선장 덕분에 선원이 알아야 할 지식을 갖추었다. 그 항해를 통해 선원 겸 무역상으로 거듭났다. 게다가 이 무역의 성과로 약 2.5킬로그램의 사금을 가져올 수 있었는데, 이 금가루가 내게 300파운드에 이르는 이익을 남겨주었다. 거의 열 배 장사가 된 셈이었다. 이제 항해에 자신감도 붙고 야망도 커졌다. 그리고 바로 이 야망이 나를 완벽한 파멸로 이끌었다.

그리하여 기니 무역상이라는 일자리를 잡은 셈이었다. 그런데 생각지도 못했던 불운이 닥쳤다. 나의 좋은 친구이자 스승이던 선장이 갑자기 세상을 뜨고 만 것이다. 하지만 무역 항해를 그만둘 마음이 없었다. 죽은 선장 배의 항해사였다가 새로 선장이 된 사람과 함께 두 번째 항해를 떠났다. 내 재산 300파운드 중 100파운드만 가지고 항해를 떠났다. 나머지 200파운드는 죽은 내 친구 선장의 부인에게 맡겼다. 그러나 이 두 번째 항해는 일찍이 누구도 경험한 적 없는 가장 불행한 여행이 되고 말았다.

우리 배가 북아프리카의 카나리아 제도와 아프리카 대륙 사이를 지날 때였다. 저녁 어스름할 무렵 우리는 터키 해적선의 습격을 받았다. 우리는 최대한 돛을 펼치고 그들로부터 도망치기 위해 최선의 노력을 다했다. 그러나 해적선은 곧 우리 배를 따라잡았다. 우리 배에는 모두 12문의 포가 있었고 해적선에는 18문의 포가 있었다. 우리는 포를 쏘며 저항했지만 그들을 당할 수는 없었다. 우리는 결국 그들의 포로가 되어 무어인들이 장악하고 있던 모로코의 항구 도시 살레로 끌려갔다. 살레는 해적들의 본거지로 악명 높은 도시였다.

나는 해적선 선장의 개인 노예가 되었다. 해적선 선장은 내가 아직 어리고 똑똑해서 자기가 직접 부리기 좋다고 판단한 것 같았다. 졸지에 무역상에서 비참한 노예로 전락했다. 아버지 예언대로 그 누구도 도와줄 수 없는 처지에 빠지고 만 것이다. 당시 아버지의 예언이 적중했다고 생각했다. 하지만 그건 내 불운의 시작일 뿐이었다.

꿈에도 생각하지 않던 노예 생활을 하게 되어 극도로 당황스러웠지만 처음 생각했던 것처럼 끔찍하지는 않았다. 해적선 선장이 바다로 나가면 정원을 돌보거나 일상적인 집안 허드렛일을 하며 보냈다. 그가 돌아오면 배 청소를 하고 선실에서 잠을 잤다. 노예 생활을 하면서 오로지 탈출만 꿈꾸었다. 그리고 어떻게 하면 탈출할 수 있을까 그 방법을 골똘히 궁리했다. 하지만 도무지 길이 없었다. 내 생각을 털어놓고 의논할 상대도 없었다. 2년 동안 탈출만 꿈꾸었을 뿐 그것을 실행할 수 있으리라는 희망은 조금도 갖지 못한 채 지낼 수밖에 없었다.

2년이 지났을 무렵, 탈출 희망을 품게 하는 일이 벌어졌다. 사연은 다음과 같다.

언제부터인가 주인은 배 장비도 챙기지 않은 채 집에서 빈둥빈둥 뒹구는 날이 많아졌다. 그러고는 일주일에 두세 번씩 중형 보트를 타고 항구 앞 정박지로 낚시를 나갔다. 나와 젊은 무어인 한 명이 보트를 젓기 위해 함께 보트에 타곤 했다. 전부터 낚시를 좋아해서 솜씨가 좋았다. 주인에게 내 낚시 솜씨를 한껏 보여주었다.

그가 내 낚시 솜씨를 인정하게 되자 생각하지도 못하던 일이 벌어졌다. 가끔 주인이 그의 친척 무어인 한 명과 어린 무어인 한 명을 내게 붙이며 함께 고기를 잡아 오라고 시키게 된 것이다. 그때마다 고기를 풍성하게 잡아 대령했다.

해적 선장은 우리 배를 습격하면서 빼앗은 대형 보트를 보관하고 있었다. 언제부터인가 주인은 자신이 직접 낚시에 함께 나설 경우 그 대형 보트를 타고 나가기 시작했다. 아마 중형 보트는 안전하지 못하다고 생각한 모양이었다. 그 대형 보트에는 삼각형 돛도 달려 있었으며 선실의 궤짝 안에는 술 몇 병과 빵, 쌀, 커피 등도 실려 있었다. 주인과 함께 자주 이 대형 보트를 타고 낚시를 나갔다. 내가 낚시를 아주 잘했기에 주인은 나 없이는 낚시를 나가지 않게 되었다.

그러던 어느 날이었다. 주인은 보트에 평소보다 더 많은 양의 음식을 싣게 했다. 그러고는 해적선 본선에 있던 화약과 총탄, 머스킷 총 세 자루를 함께 준비하라고 시켰다. 꽤 지위가 높은 무어인 친구 두세 명과 함께 낚시를 갈 작정이었으며 사냥까지 계획한 것이다.

나는 그의 지시대로 모든 것을 준비했다. 다음 날 아침 보트를 깨끗이 청소하고 손님을 맞을 만반의 준비를 하고 있었다. 그런데 어쩐 일인지 손님들 없이 주인 혼자 보트로 왔다. 손님들에게 갑자기 일이 생겨서 떠날 수 없게 되었다는 것이었다. 주인은 기왕 이렇게 된 것, 무어인 어른과 소년 그리고 나 이렇게 셋이서 보트를 타고 나가 물고기를 잡아 오라고 명령했다. 내게는 하늘이 준 기회였다.

주인이 돌아가자 낚시 준비를 했다. 하지만 사실은 아예 항해 준비를 한 셈이었다. 어느 항로로 항해할지 생각할 겨를은 없었다. 그저 어디로든 도망칠 수만 있다면 그곳이 바로 천국이었다.

나는 머리를 짜냈다. 우선 급한 것은 식량을 마련하는 일이었다. 동료 무어인에게 우리가 주인 식량을 축낼 수 있느냐, 주인 식량은 그냥 놔둔 채 우리 것을 따로 장만하자고 말했다. 그는 일리가 있다며 비스킷 빵 두 바구니와 신선한 물 세 병을 배에 실었다. 그가 없는 틈을 타서 주인의 배에서 술병 상자를 가지고 와 보트에 실었다. 그와 함께 무게가 20킬로그램 이상 나가는 커다란 밀랍 덩어리와 톱, 망치, 꼬아놓은 끈, 실꾸러미, 손도끼 등도 보트에 실었다. 모두 나중에 큰 도움이 될 물건들이었다.

나는 마지막으로 무어인에게 속임수를 썼다. 그의 이름은 몰리였다.

"몰리, 가서 주인님 총을 좀 가져올 수 없겠나? 화약과 탄환도 좀 가져오고. 재수가 좋으면 바닷새를 잡을 수 있을지도 몰라."

순진한 그는 순순히 내가 시키는 대로 했다. 드디어 준비가 끝나자 우리는 배를 띄웠다.

우리는 한참 동안 낚시를 했다. 하지만 물고기를 한 마리도 잡지 못했다. 물고기가 없어서가 아니었다. 내가 일부러 낚싯

대를 들어 올리지 않았기 때문이었다. 더 멀리 가서 물고기를 잡자고 말했다.

몰리는 내 말에 동의하고는 돛을 올렸다. 보트의 키를 잡고 약 3마일 정도 더 바다 쪽으로 보트를 몰았다. 그런 후 낚시를 하겠다며 키를 무어인 소년에게 맡기고 무어인 동료에게 다가갔다. 그의 뒤에서 뭔가 찾는 척하다가 그를 메다꽂아 바다로 던져버렸다. 그는 곧바로 물 위에 떠올랐다. 그는 정말로 헤엄을 잘 쳤다. 그는 보트 쪽을 향해 헤엄쳐 다가오며 보트 위에 오르게 해달라고 애원했다.

나는 그에게 총을 겨누며 말했다.

"넌 해변까지 얼마든지 헤엄쳐 갈 수 있어. 마침 바다도 잔잔하니 네게는 아주 쉬운 일이야. 당장 헤엄쳐서 가버려라. 그러면 네게 아무런 짓도 하지 않겠다. 하지만 보트 가까이 오면 네 머리를 박살 내겠다."

내 말을 들은 그는 몸을 돌리더니 해변을 향해 헤엄쳐 가기 시작했다. 그가 틀림없이 해변에 무사히 도착하리라고 확신했다.

그가 사라지자 나는 슈리라는 이름의 소년에게 몸을 돌리며 말했다.

"슈리, 내게 복종한다면 충분한 보답을 해주마. 하지만 반항한다면 너도 바다에 던져버리는 수밖에 없어."

그는 내게 복종하겠다고 수없이 머리를 조아리며 다짐했다.

노예 신분에서 탈출한 내가 멀리 브라질까지 오게 된 사연을 말하자면 너무나 길다. 우리는 여러 차례 이곳저곳 해안에 상륙했다. 때로는 야만인들을 피해 도망가기도 했으며 사자와 표범을 잡아 가죽을 벗겨 간직하기도 했다. 어쨌든 배를 남쪽으로, 남쪽으로 몰았다. 감비아 강이나 세네갈 쪽 베르데 곶이 목표였다. 그곳에 가면 유럽 배를 만나게 될지도 모른다는 게 내 생각이었다. 기니 해안이나 브라질, 또는 동인도제도로 가는 배들은 모두 베르데 곶이나 카나리아 제도를 거친다는 사실을 알고 있었다. 그동안 슈리는 너무나 충직하게 나를 도왔다. 아마 그가 없었다면 틀림없이 도중에 포기하거나 조난당하고 말았을 것이다.

항해를 시작한 지 20일 정도 지났을 때 우리는 천신만고 끝에 베르데 곶에 도착했다. 그곳에서 다행스럽게 배를 한 척 발견했다. 배에 탄 사람들은 우리 보트를 어느 난파선에 속했던 유럽인의 보트라고 생각한 것 같았다. 그들은 아주 친절하게 우리를 맞아주었다. 지극히 비참하고 절망스러운 상황에서 구조가 된 것이다. 말 그대로 천우신조였다.

그 배는 브라질로 가는 중이었다. 포르투갈인 선장은 너무나 친절했다. 그는 선원들에게 아무도 내 물건에 손을 대서는 안 된다고 명령했다. 그는 내가 소지한 물건을 모두 직접 맡은 뒤 수첩에다 정확하게 목록을 써넣어서 나에게 주었다. 심지어 흙으로 만든 단지까지 적어 넣을 정도로 섬세하고 자상한 사람이었다. 앞으로 알게 되겠지만 그는 진정으로 내 인생의 은인이었다.

선장은 내 보트도 구입하겠다고 했다. 그는 브라질에서 스페인 은화 80개를 지불하겠다는 어음을 써주었다. 게다가 혹시라도 그곳에서 더 비싸게 보트를 사겠다는 사람이 있으면 그 차액까지 내겠다고 말했다. 그리고 내가 데리고 있던 무어인 소년 슈리를 자기가 데리고 있겠다며 스페인 은화 60개를 더 주었다.

그 돈은 받기 싫었다. 불쌍한 소년의 자유를 파는 것이 싫었기 때문이었다. 슈리는 내가 자유를 얻기까지 얼마나 정직

하게 나를 도왔던가! 내가 속마음을 말하자 선장이 타협안을
제시했다. 만약 슈리가 기독교도로 개종한다면 10년 안에 그
를 해방시켜주겠다는 계약서를 써주겠다고 했다. 내 앞길이
어떻게 될지 모르는 판에 그 아이를 계속 데리고 있는 것보다
는 선장의 보호를 받게 하는 편이 나을 것 같아 선장의 제안
을 받아들였다. 슈리도 기꺼이 선장을 따라가겠다고 해서 아
무 문제가 없었다.

　브라질까지 항해는 아주 순탄했다. 22일이 지난 후 우리는
브라질의 토두스우스산투스 만에 도착했다. 브라질에 도착한
후 선장이 내게 베푼 호의는 일일이 기억조차 할 수 없을 정
도였다. 그는 뱃삯을 한 푼도 받으려 하지 않았으며 내가 가지
고 있던 표범 가죽 값으로 금화 20두카트를, 사자 가죽 값으로
금화 40두카트를 더 주었다. 그는 내 물건들을 하나도 빼놓지
않고 모두 돌려주었으며 내가 처분하고자 하는 물건들, 이를
테면 술병 상자, 엽총 두 자루, 밀랍 덩어리들을 직접 자기가
사주었다. 결국 스페인 은화 220개를 총 재산으로 지닌 채 브
라질에 첫발을 내디딘 셈이었다.

브라질에 도착한 지 얼마 안 있어 선장은 착하고 성실한 농장주 한 사람을 소개해주었다. 그는 농장과 제당 공장을 소유하고 있었다. 한동안 그와 함께 살며 농장 운영과 설탕 제조에 관한 것들을 배웠다. 그곳의 농장주들은 매우 부유한 생활을 했으며 단시간에 부자가 되기도 했다. 그들의 삶이 마음에 들었다. 정착 허가증만 떨어지면 농장을 운영하리라 마음먹었다. 그리고 런던에 맡기고 온 돈을 송금받을 방법도 찾아보았다. 이윽고 정착 허가가 나오자 내가 가진 돈을 모두 투자하여 미개간지를 최대한 많이 사들였다.

나는 대략 두 해 동안은 그저 먹고살 정도의 식량을 얻기 위해 농사를 지었다. 그런데 농장은 점점 번성하기 시작했고 농토도 자리를 잡기 시작했다. 하지만 가끔 나 자신을 돌아볼 수밖에 없었다. 이게 도대체 무슨 꼴이란 말인가! 내 재능과 완전히 동떨어진 삶을 살고 있지 않은가! 내가 좋아하는 삶과는 정반대의 삶을 살고 있지 않은가! 내가 좋아하는 삶을 살겠다고 아버지의 온갖 충고를 물리쳤던 것이 아닌가! 그랬던 내가 바로 아버지가 권하신 중산층의 삶을 살게 된 것이다. 애초부터 이렇게 살 셈이었다면 그냥 집에 머물러 있는 것이 더 나왔을 것이다.

나는 매일 내 처지를 후회하고 비관하며 지냈다. 바로 이웃해 있는 포르투갈인 농장주 말고는 딱히 대화를 나눌 사람도 없었으며 육체노동 외에는 할 일도 없었다. 마치 황량한 무인도에 표류하여 혼자 사는 기분이었다. 하지만 나중에 내가 겪게 될 삶에 비한다면 그 삶은 얼마나 행복한 삶이었던가!

농장 운영이 어느 정도 안정되어갈 무렵이었다. 바다에서 나를 구해준 고마운 선장이 어느 날 나를 찾아왔다. 그는 항해 끝에 마침 이곳에 정박하게 되어 석 달 동안 머무르게 될 것이라고 했다. 그는 내게 놀라운 제안을 했다. 그는 언제나처럼 나를 '세뇨르 잉글레세(seignor inglese, 영국 신사)'라고 부르며 다음과 같이 말했다.

"내게 위임장을 써주시오. 그리고 런던에서 당신 돈을 맡고 있는 분에게 편지를 써주시오. 그분에게 이곳에서 필요한 물건들을 사서 리스본으로 보내라고 하시오. 내가 고향 리스본에 들르게 되면 그 물건들을 찾아오리다."

너무나 고마운 제안이었다. 곧장 영국 선장 미망인에게 그동안 내게 일어났던 모든 일을 상세히 알리는 편지를 썼다. 그리고 내가 지금 어떤 상황에 처해 있는지, 내게 보내줄 물품은 어떤 것들인지를 자세히 적었다. 리스본으로 간 정직한 선장은 열심히 수소문한 끝에 미망인을 찾을 수 있었다. 그는 믿을 만한 런던의 상인을 통해 내가 맡긴 편지를 무사히 미망인에게 전했다. 부인은 소식을 접하자마자 내 돈을 선선히 내놓았고 런던의 상인은 내가 필요로 했던 물품을 구입해 선장에게 보냈다. 그리고 선장은 그 물건을 가지고 브라질로 돌아왔다.

결론부터 말하자. 그 물건들로 큰 성공을 거두었다. 모두 브라질에서 아주 귀한 물품들이었기 때문이었다. 거의 네 배 이상의 이익을 얻을 수 있었다. 곧 내가 가장 필요로 하던 흑인 노예 한 명과 유럽인 하인 두 명을 샀다.

이듬해 농장 운영에서 아주 큰 성공을 거두었다. 내 소유 농장 부지에서 50개나 되는 대형 담배 롤들을 생산했는데 한 롤이 50킬로그램이나 나가는 양이니 엄청난 수확이었다. 그 담배를 리스본에서 오는 상선에 팔았더니 엄청난 수익이 돌아왔다. 사업이 번창하고 재산이 불자 내 머리는 또다시 새로운 사업 구상으로 가득 차기 시작했다.

내가 그대로 브라질에 눌러앉아 농장을 계속 경영했더라

면 아버지가 권하신 평온하고 안락한 삶을 살았을 것이다. 그러나 내게는 아직 더 많은 일이 기다리고 있었다. 여전히 스스로 불행을 자초하는 고집불통이었다. 장차 지독한 슬픔에 빠져 스스로를 자책하며 살아갈 운명을 타고난 놈이었다. 내 모든 불운은 오로지 내 방랑벽 탓이었다. 그 어리석은 성미를 누르지 못하고 기어이 실행에 옮긴 결과였다. 내게 다시 방랑벽이 고개를 들었다.

나는 안정된 삶에 대해 불만족을 느끼기 시작했다. 아버지 집을 뛰쳐나올 때 심정과 너무 비슷했다. 농장일로 성공을 거두어 부유한 농장주가 되겠다는 소망은 이미 사라져버렸다. 그리고 좀 더 모험적인 사업을 해서 더 빨리 크게 성공하고 싶다는 욕망이 고개를 들었다.

나는 브라질에서 거의 4년 동안 아주 잘살았다. 농장도 하루가 다르게 번창했다. 브라질 언어를 배웠을 뿐 아니라 동료 농장주들과도 아주 절친하게 잘 지냈다. 그곳에 드나드는 상인들과도 돈독한 우정을 쌓았다. 사실 더 이상 바랄 것이 없었다.

나는 당시의 교역 항구인 산살바도르 상인들과 친해져 자주 이야기를 나누었다. 그들에게 신이 나서 전에 내가 기니로 항해했을 때의 이야기를 들려주곤 했다. 그곳 해안에서 구슬, 장난감, 칼, 가위, 손도끼, 유리 제품을 파는 건 정말 쉬우며, 그 대가로 사금, 기니 생강, 상아 등을 쉽게 얻을 수 있다는 말을 해주었다. 그리고 흑인 노예도 쉽게 살 수 있다고 말해주었다.

내 이야기에 상인들의 귀가 솔깃했다. 특히 노예를 쉽게 살 수 있다는 말에 그들은 혹했다. 당시만 해도 노예무역이 도입된 지 얼마 되지 않았다. 게다가 노예 공급 계약은 스페인과 포르투갈 국왕의 허가를 받아야만 하는 독점사업이었다. 따라서 극소수의 흑인 노예만 브라질에 들여올 수 있었고 그 값도 엄청나게 비쌌다. 내가 그런 이야기를 신나게 늘어놓던 자리에는 몇몇 농장주들도 있었다.

그들과 이야기를 나눈 바로 그다음 날이었다. 세 명의 농장주가 나를 찾아왔다. 그들은 내게 비밀을 지키라며 은밀한 제안을 했다.

그들은 혹시 기니에서 노예를 몰래 들여오는 일을 내가 해낼 수 있겠느냐고 물었다. 자신들은 모두 노예가 모자라 쩔쩔매고 있는 데다, 공식적으로 데려오려면 너무 비싸서 엄두가

「노예무역선 선실의 흑인들 Negros in the cellar of a slave boat」

독일 화가 요한 모리츠 루젠다스의 1830년경 작품. 15세기부터 19세기까지 대서양을 통해 아프리카와 신대륙 사이에 노예무역이 성행했다. 주로 중서부 아프리카인들이 서유럽 노예상인들에 의해 아메리카 대륙으로 팔려갔다. 포르투갈을 시작으로 영국, 프랑스, 스페인, 네덜란드 등은 서아프리카 해안에 무역기지를 건설하고 성인 남성은 물론이고 여성, 어린아이까지 잡혀온 아프리카인들을 노예무역선에 태워 신대륙으로 보냈다. 이때 최소한 약 1,200만 명이 끌려간 것으로 추측하는데(실제로는 그보다 더 많았다고 본다), 항해 도중 엄청난 수가 배 안에서 죽어갔다. 근대 유럽 경제의 성장과 발전은 상당 부분 이 노예무역, 그러니까 아프리카인 노예들의 희생 덕분이었다. 19세기 초 유럽 각국 정부가 노예무역을 금지하지만 불법으로 계속 이루어졌으며, 심지어 20세기 초까지 이어졌다. 최근인 21세기 초, 이 노예무역에 가담했던 나라들은 과거 자신들의 잘못에 대해 사과 성명을 발표했다.

바다로 나가고 싶다

나지 않는다는 것이었다. 그들은 딱 한 번만 몰래 노예를 데려올 수 없겠느냐고 제안했다. 말하자면 노예 밀수선의 관리인으로 나설 의향이 있는지 물어본 것이었다. 그들은 내가 그 일을 맡아주기만 하면 그들 돈으로 사 온 노예들을 그들과 똑같이 내게 배분해주겠다는 그럴듯한 제안을 내놓았다.

사실 그건 내게 걸맞은 제안이 아니었다. 이미 생활이 안정되어 있었고 앞으로 3, 4년은 더 열심히 농장 일을 해야만 하는 처지였다. 또한 내 재산은 점점 불어나 족히 3,000~4,000파운드에 이르고 있었다. 정상적인 사람이었다면 거절해야 마땅했다. 그러나 내가 누구인가? 자신을 스스로 파멸시키는 길을 걷도록 태어난 사람 아닌가? 아버지의 충고를 무시하고 방랑벽에 몸을 맡겼던 것과 마찬가지로 그들의 제안을 덥석 받아들였다. 마치 그런 제안을 기다리기고 있기나 한 것 같았다.

나는 내가 떠나 있는 동안 그들 중 한 명이 내 농장을 제대로 관리해줄 것을 조건으로 내밀었다. 그들 중 한 명을 정식으로 나의 동업자로 삼은 셈이었다. 공식 유언장도 작성했다. 만약 내가 죽으면 내 친구인 포르투갈인 선장을 상속인으로 내세워 그가 모든 것을 처분할 수 있도록 했다. 그렇게 될 경우

내 재산의 절반은 그가 갖고 나머지 절반은 영국 미망인에게
보내라고 했다.

준비가 끝나자 배에 올랐다. 1659년 9월 1일이었다. 그날은
묘하게도 내가 8년 전 부모님을 떠났던 때와 똑같은 날짜였다.

나 홀로 무인도에

　　　　　우리 배의 적재 용량은 120톤가량이
었으며 포 6문을 장착하고 있었다. 배에는 선장과 그의 어린
하인 외에 열네 명의 선원들이 올랐다. 나를 포함해서 모두
열일곱 명이었다. 우리는 흑인과의 교역에 적합한 구슬, 유리
제품, 조개껍데기 장난감, 거울, 칼, 손도끼 같은 잡다한 잡동
사니만 가득 싣고 배를 띄웠다. 목적이 목적인 만큼 대형 화
물은 싣지 않았다.

　돛을 올리고 출항한 우리 배는 일단 해안을 따라서 북쪽으
로 죽 항해했다. 북위 10도 내지 12도쯤 되는 곳에서 아프리
카 해안을 향해 곧장 나아갈 계획이었다. 배가 브라질의 동쪽

끝 해안에 이를 때까지 덥기는 했어도 날씨는 아주 좋았다. 우리는 그곳에서 먼바다로 나아갔다. 이내 육지가 시야에서 사라졌다.

운항한 지 열이틀째 되던 날 우리는 적도를 통과했다. 그런데 바로 그때 맹렬한 폭풍이 불어와 어딘지 전혀 알 수 없는 곳으로 배를 몰고 갔다. 바람의 방향이 수시로 바뀌어 종잡을 수가 없었다. 우리가 어디로 갈지는 오로지 운명과 바람에 맡길 수밖에 없는 처지가 된 것이었다.

우리를 엄습해온 것은 폭풍우에 대한 공포만이 아니었다. 선원 중 한 명이 열대성 열병으로 죽은 데다 선원 한 명과 소년 한 명이 파도에 휩쓸려 갑판 밖으로 떨어지는 사고까지 일어났다. 우리는 그렇게 열흘 이상 바다를 떠다녔다.

우리가 바다를 떠돈 지 열이틀째 되는 날, 드디어 폭풍우가 멎었다. 그곳이 어디인지 알 수가 없었던 선장과 의견이 갈렸다. 선장은 그곳이 브라질 북부가 틀림없다고 주장했다. 그는 배에 물이 새고 있었고 손상도 심했기 때문에 곧바로 브라질 해안으로 되돌아가자고 주장했다.

나는 선장의 주장에 강력하게 반대했다. 내게는 다시 돌아갈 생각이 전혀 없었다. 선장을 설득한 후 함께 아메리카 대륙 해안 지도를 펼쳐놓고 의논했다. 그 결과 카리브 해 권역에 도달하기까지는 사람이 살고 있는 섬이 하나도 없다는 결론에 도달했다. 결국 우리는 바베이도스 섬까지 항해를 계속하기로 했다. 순조롭게 항해를 할 수 있다면 보름 안에 목적지에 도달할 수 있을 것 같았다. 배 상태도 그렇고 우리 형편도 그렇고 뭔가 도움이 없이는 아프리카 해안까지 도저히 항해를 계속할 수 없는 처지였기에 일단 그곳에 정박한 후 대책을 찾기로 한 것이다.

결국 우리는 항로를 서북서쪽으로 바꾸어 항해했다. 영국령 섬 중 하나를 찾아내어 휴식도 취하고 배도 손을 볼 심산이었다. 그러나 우리 계획은 이내 결딴나고 말았다. 남위 12도 18분쯤 되는 곳에 도착했을 때 다시 두 번째 폭풍이 밀어닥친 것이다. 결국 우리는 우리가 목표했던 교역 항로로부터 너무 멀어졌다. 겨우 목숨을 부지한다 해도 바다 위를 표류할 수밖에 없는 처지, 어쩌다 육지에 상륙하게 되더라도 야만인들에게 잡아먹힐 수밖에 없는 처지에 놓여버린 것이다.

폭풍은 쉬지 않고 불어 닥쳤고 우리는 모두 절망에 빠져 있었다. 그러던 어느 날 이른 아침이었다. 선원 한 명이 "육지다!"라고 외치는 소리가 들렸다. 우리는 모두 희망에 차서 선실에서 뛰쳐나왔다. 하지만 그 순간 배가 모래톱과 충돌했다. 배 한 부분이 부서지는 굉음이 울렸다. 순식간에 배가 멈추어섰고 어마어마한 기세로 바닷물이 배 안으로 넘쳐 들어왔다. 우리는 모두 끝장이라고 생각했다. 우리는 몰려드는 물거품과 물보라를 피하기 위해 선실로 우르르 몰려 들어갔다.

정말 상상하기도 힘든 끔찍한 상황이었다. 우리는 우리가 어디에 있는지, 그게 섬인지 육지인지, 사람이 사는 곳인지 아닌지 도저히 알 수가 없었다. 계속 거센 바람이 불어와 언제 배가 산산조각이 날지 알 수 없는 상황이었다. 우리는 그저 망연자실해 있을 뿐이었다. 겨우 위안이라고는 배가 아직 완전히 파손되지 않았다는 것과 바람이 다소 잦아들고 있다는 사실 뿐이었다.

하지만 바람이 잦아들었다는 사실이 그리 큰 위안이 될 수 없었다. 배가 여전히 모래톱에 빠져 꼼짝도 못하고 있었기 때문이었다. 우리에게는 어떻게 하면 목숨이라도 건질까 하는 생각밖에는 없었다. 배 뒤에 매어 두었던 보트 한 척도 사라지고 없었다. 바다에 가라앉았든지 파도에 휩쓸려 갔든지 둘 중 하나였을 것이다. 다행히 배에 다른 보트가 한 척 남아 있긴 했다. 하지만 그걸 어떻게 바다에 내릴 것인지 난감했다. 그렇지만 무슨 수를 쓰더라도 보트를 바다에 띄워야 했다. 언제 배가 부서질지 모르는 상황이었고 몇몇 선원들은 배가 이미 부서지기 시작했다고 말하고 있었기 때문이었다.

어쨌든 모두 힘을 합해 보트를 바다에 내려놓는 데 성공했다. 우리는 모두 보트로 옮겨 탔다. 모두 열한 명이었다. 우리는 그사이 맞이한 불행으로 이미 여섯 명을 희생한 셈이었다. 우리 열한 명은 모두 하느님의 자비심과 난폭한 바다에 스스로를 내맡긴 셈이었다. 폭풍우는 꽤 잦아들었지만 파도는 여전히 무시무시한 기세로 해변을 뒤덮고 있었기 때문이었다. 말 그대로 '광란의 바다'였다.

우리는 그저 육지를 향해 죽도록 노만 저었다. 보트가 해변 가까이 가면 갈수록 더욱 강하게 파도가 밀려왔다. 보트가 파도와 충돌하여 산산 조각날 것임을 다 알고 있었지만 도리가 없었다. 우리는 모두 진심 어린 태도로 우리의 영혼을 하느님께 맡겼다. 바람이 우리를 해변으로 몰고 가고 있는 상황에서 우리 손으로 최대한 빨리 육지를 향해 노를 젓고 있었으니, 우리가 스스로 파멸을 재촉하고 있는 셈인지도 몰랐다. 게다가 어디가 해안인지 어디가 암초이고 어디가 모래톱인지, 도무지 알 수 없는 상황이었다.

우리 생각으로 5~6킬로미터 정도는 노를 저어갔다고 생각될 즈음, 그만 산더미 같은 파도가 보트 후미를 덮쳤다. 너무 거센 파도여서 보트가 단번에 뒤집히고 말았다. 순식간에 보트에서 휩쓸려 나온 우리 일행은 사방으로 뿔뿔이 흩어졌다. '오, 하느님!'이라고 비명을 내지를 시간도 없었다. 정말로 눈 깜짝할 사이였다.

물속으로 잠길 때의 나의 심정을 어떻게 표현할 수 있을까! 거센 파도에 휩쓸려 숨을 쉴 수조차 없었다. 하늘이 도왔는가? 잠시 후 파도가 일시 밀려 나가 바닥을 딛고 겨우 일어설 수 있었다. 숨을 잠시 돌릴 수 있게 된 이 기회에 최대한 정신을 차렸다. 육지가 생각보다 가까이 있었다. 죽을 힘을 다해 육지를 향해 내달렸다. 조금만 머뭇거려도 다시 파도가 덮쳐와 나를 뒤덮어버릴 것이 뻔했다.

하지만 곧 파도가 밀려와 나를 덮쳐버렸다. 내가 할 수 있는 일이란 그저 최대한 숨을 참고 견디다가 최선을 다해 머리를 물 밖으로 내미는 일이 전부였다. 내 몸이 엄청난 힘과 속도로 해변으로 휩쓸려 가고 있다는 느낌을 받았다. 숨을 참고 온 힘을 다해 계속 앞으로 헤엄쳤다. 숨을 하도 참아 가슴이 터질 것 같았다. 마침 파도가 밀려 나갔다. 숨을 쉬기 위해 똑바로 섰다. 발이 바닥에 닿았다. 죽어라고 해변을 향해 달리기 시작했다.

나는 그 후로도 두 번 더 밀려오는 파도에 휩쓸렸다. 암초에 몸이 부딪쳐 잠깐 의식을 잃기도 했지만 다시 파도가 밀려오기 전에 가까스로 의식을 되찾았다. 암초를 꽉 붙잡고 파도가 약해지기를 기다렸다가 다시 죽어라고 해변을 향해 내달렸다. 다음 파도가 다시 나를 덮쳤지만 나를 휩쓸고 갈 정도는 아니었다. 한 차례 더 내달린 끝에 겨우 육지에 도달할 수 있었다.

무사히 뭍에 닿은 하늘을 올려다보았다. 그리고 아무런 희망도 없어 보이는 상황에서 내 목숨을 구해주신 하느님께 감사했다. 누군가 발견할 수 있지 않을까 하여 이리저리 해변을 걸어 다녔다. 그러나 아무도 발견하지 못했다. 나 말고는 아무도 살아난 것 같지 않았다. 이후 그들 중 그 누구도 보지 못했다. 소득이라고는 그저 테 없는 모자와 테 있는 모자 각각 하나, 짝 없는 구두 한 켤레를 발견한 것뿐, 그 어떤 흔적도 볼 수 없었다.

파도와 물거품이 산처럼 밀려왔을 때는 보이지 않던 배가 시야에 들어왔다. 배는 꽤 먼 곳에 좌초되어 있었다. 배를 보면서 '오, 하느님, 제가 어떻게 저 먼 곳에서 이곳 해변까지 올 수 있었단 말입니까!'라고 생각할 수밖에 없었다.

나는 주변을 둘러보기 시작했다. 그리고 절망에 빠지기 시작했다. 겨우 목숨은 구한 셈이었지만 상황은 절망적이었다. 두려움에 사로잡혔다. 우선 몸이 흠뻑 젖었지만 갈아입을 옷도 없었다. 먹을 것이나 마실 것도 없었다. 그저 굶어 죽든지 사나운 맹수에게 잡아먹히는 수밖에 없는 처지였다. 특히 절망스러운 것은 사냥에 쓸 무기, 나를 공격할 짐승들로부터 나를 방어할 무기가 전혀 없다는 사실이었다. 요컨대 내게는 나이프 한 자루와 담배 파이프 하나, 담뱃서랍에 들어 있는 약간의 담배 외에는 아무것도 없었다.

나는 한참 동안 미친 사람처럼 이리저리 뛰어다녔다. 밤이 되면 어찌할 것인가! 맹수들은 밤이 되면 먹이를 찾아 밖으로 나오게 되어 있지 않은가? 내가 생각해낸 유일한 해결책은 나무 위로 몸을 피신하는 것이었다. 나무 위로 올라가 자리를 잡았다. 너무나 피곤했기에 곧 잠이 들었다. 내가 생각해도 신기하리만큼 편안하게 잠을 잤다. 잠으로 충분히 원기가 보충된 상태에서 잠에서 깨어났다.

잠에서 깨어나니 날이 훤히 밝아 있었다. 날씨는 맑았고 바다는 잔잔했다. 그런데 내가 잠들어 있는 사이 놀라운 일이 벌어졌다. 조류의 움직임에 의해 배가 해변 근처 암초 가까이 떠밀려 와 있었던 것이다. 해변에서 1마일 정도밖에 안 되는 거리였다. 배로 가봐야겠다고 마음먹었다. 얼마든지 쓸 만한 것들을 가져올 수 있을 것 같았다.

나는 나무에서 내려와 주위를 둘러보았다. 그런데 저 멀리 해변에 보트가 눈에 띄었다. 파도에 요동치다 밀려온 게 틀림없었다. 내가 있는 곳으로부터 2마일 정도 되는 거리였다. 보트까지 가보려고 힘을 내서 걸었다. 하지만 곧 장애물을 만났다. 폭이 반 마일은 됨직한 물길이 나를 가로막은 것이었다. 보트로 가는 것을 포기하고 다른 방법으로 본선에 다녀오기로 했다. 어떻게 해서든 거기까지만 가면 당장 먹을 것을 찾을 수 있다는 희망에 부풀었다.

그런데 하늘이 도왔는지 정오가 지나자 바다가 아주 잔잔해졌고 바닷물이 꽤 멀리 빠져나갔다. 배와의 거리가 4분의 1마일밖에 안 되게 가까워져 있었다. 날씨가 지독히 더웠기 때문에 옷을 벗었다. 헤엄쳐서 배 가까이 간 다음 어떻게 하면 배에 오를 수 있을까 살피며 배 주변을 두 차례나 헤엄쳤다. 그때 내 눈에 조그만 밧줄 가닥이 들어왔다. 그 밧줄을 잡고 가까스로 배의 갑판으로 올라갔다.

배에는 커다란 구멍이 뚫려 있었고 선창에는 물이 차 있었다. 하지만 배 뒷부분은 모래톱에 들린 모습으로 걸쳐져 있었다. 그런 자세 덕분에 배의 주요 부분이 멀쩡했으며 선미 쪽에 있던 물품들은 물에 젖지 않은 채 남아 있을 수 있었다.

나는 우선 배의 모든 식량이 마른 상태로 잘 보관되어 있음을 알게 되었다. 뭔가 먹어야겠다는 일념이었기에 우선 빵 저장실로 갔다. 그리고 빵을 허겁지겁 입에 쑤셔 넣는 한편, 비스킷과 빵으로 주머니를 가득 채웠다. 대형 선실에서 럼주도 발견했다. 앞으로 닥칠 일에 대해 용기를 갖고 대처하기 위해서는 술기운을 빌릴 필요가 있었다. 럼주를 제법 많이 마셨다.

기운이 났고 용기가 솟았다.

하지만 가만 생각해보니 난감했다. 도대체 이 물건들을 어떻게 해변으로 나른단 말인가? 보트도 없이 어디에 싣는단 말인가? 하지만 상황은 급박했다. 어떻게든 해보아야 했다. 배를 둘러보았다. 배에는 여벌 활대 몇 개와 큼지막한 원형 목재 세 개, 그리고 여벌용 중간 돛대가 한 개 있었다. 그것들로 작업을 시작했다. 목재들을 갑판에 펼쳐놓고 일일이 밧줄로 감았다. 그 일이 끝나자 목재들을 배 옆으로 끌고 가 뗏목 모양으로 단단히 묶었다. 그리고 두세 개의 작은 널판들을 그 위에 깔았다. 그리고 돛대를 세 조각으로 잘라 낸 후 그것을 뗏목 위에 덧댔다. 제법 무거운 것들도 감당할만한 뗏목이 완성되었다. 정말 힘들고 고된 작업이었다. 하지만 필요한 물건을 챙길 수 있다는 희망에 평소라면 도저히 불가능했을 일을 할 수 있는 용기와 힘을 낼 수 있었다.

나는 우선 널빤지와 판자들을 뗏목에 실었다. 그리고 그 위에 식량들을 실었다. 빵, 쌀, 네덜란드 치즈, 말린 염소 고기 다섯 덩이, 소량의 곡식 등을 빈 궤짝에 채워 실었다. 이어서 대략 20리터 정도의 아라크 술이 든 상자를 뗏목에 실었다. 이어서 옷가지들을 찾아 챙겼다. 그리고 아주 중요한 것을 발견했다. 바로 목수의 목공 상자였다. 지금의 내 처지에서는 황금이 가득 실린 배보다도 이 상자가 더 소중했다. 그것을 아주 소중하게 뗏목에 실었다.

그런 다음 화약과 무기를 챙겼다. 선실 안에는 매우 훌륭한 사냥총 두 자루와 권총 두 자루가 있었다. 그것들과 함께 뿔 화약통 몇 개와 조그만 탄환 주머니, 낡고 녹이 슨 칼 두 자루도 챙겼다. 그 외에도 톱 두 개, 도끼 하나, 망치 하나도 발견해서 모두 뗏목에 실었다. 바다가 조용했고 바람이 육지를 향해 불어 왔기에 밀물을 이용해 노를 저어 해변 쪽으로 뗏목을 저었다. 쉽지는 않았지만 양편으로 육지가 보이는 샛강 어귀에 도달할 수 있었다.

육지에 오른 후 양편을 둘러보았다. 그리고 강어귀 오른편에서 자그마하고 후미진 기슭을 발견했다. 뗏목을 부리기에 알맞은 장소로 보였다. 다시 뗏목에 올라 그곳으로 힘겹게 노를 저었다. 조수가 올라오기를 기다려 조수의 힘으로 평지에 뗏목을 밀어 넣고 노 두 개를 바닥에 찔러 넣었다. 그런 후 물이 다 빠져나가기를 기다렸다가 짐들을 해안에 내려놓았다.

이제 짐을 가져왔으니 적절한 거처를 찾는 것이 필요했다. 엽총으로 무장한 후 주변에 있는 가파른 작은 언덕으로 올라갔다. 짐작한 대로 사면이 바다에 둘러싸여 있었다. 한참 떨어진 곳에 암초가 몇 개 보였고 서쪽으로 10여 킬로미터 정도 떨어진 곳에 내가 있는 섬보다 더 작은 섬들이 바다에 떠 있을 뿐이었다. 정찰을 마친 후 다시 해변으로 내려왔다. 뗏목에 실었던 짐들을 그곳에 내려놓기 시작했다. 그리고 그날 밤 머물 임시 거처를 만들었다.

다음 날 대여섯 차례 더 배에 다녀왔다. 이미 한 차례 경험을 해서 일이 손에 익었기에 처음보다는 훨씬 수월했다. 그리고 훨씬 침착하게 필요한 물건들을 챙길 수 있었다. 대여섯 번의 왕복을 통해 못들이 들어 있는 주머니, 손도끼, 회전 숫돌, 무쇠 지렛대, 머스킷 총 일곱 정과 탄약 두 통, 엽총과 화약, 얇은 납판을 감은 덩어리, 남자 옷가지들, 침구 등을 챙겼다. 이어서 밧줄들과 돛, 빵이 가득 들어 있는 대형 나무통, 럼주가 가득 찬 작은 통, 설탕 한 상자와 밀가루 한 통을 발견할 수 있었던 것은 정말 큰 행운이었다. 또한 닻을 힘겹게 해체해서 가져왔으며 다량의 철물도 손에 넣을 수 있었다.

어느덧 해안가에 도착한 지 13일이나 흘렀다. 그동안 돛과 장대들을 이용해서 작은 텐트를 쳤다. 그리고 비나 햇볕에 손 상될지 모르는 물건들을 텐트 안에 들여놓고 빈 궤짝과 나무 통들을 텐트 주변에 빙 둘러쌓았다. 조금 안정이 되자 배에 열 한 번이나 더 갔다 왔다. 사람이 양손으로 나를 수 있는 물건 은 무엇이든 다 날랐다. 날씨만 좋았다면 아마 본선을 해체해 서 모두 가져왔을지도 모를 일이었다. 어쨌든 더 이상 찾을 물 건이 없다고 생각될 때까지 계속 끈기 있게 이곳저곳을 뒤졌 다. 그런데 선실에서 서랍 여러 개가 달린 장을 하나 발견했 다. 서랍 하나를 열어보니 면도기 두세 개와 커다란 가위 하 나, 질 좋은 칼과 포크 십여 개를 발견했다. 다른 서랍에서는 36파운드 가치에 해당하는 돈을 발견했다. 돈을 보자 쓴웃음 을 지으며 말했다.

"이런 쓸모없는 녀석들! 대체 네 녀석들이 무슨 필요가 있 겠니? 아무 짝에도 쓸모가 없어. 차라리 저 칼 하나가 더 쓸모 가 있겠다. 그냥 그곳에 있다가 바닷물에 익사해버리렴!"

하지만 다시 생각해 본 후 그 돈들을 챙겼다. 그냥 버리기 에는 왠지 아까웠다.

더 이상 배에 갈 일이 없어지자 내 관심은 온통 혹시 나타날지 모르는 식인종이나 맹수로부터 자신을 보호하는 일에 쏠렸다. 동굴을 파고 텐트도 치는 이중 방법을 사용하기로 결정했다. 그러기 위해서는 우선 알맞은 장소를 물색해야 했다. 지금 내가 있는 곳은 바닷가 저지대라 안전하지 못했다. 무엇보다 근처에 물이 없었다.

나는 어떤 곳에 내가 자리를 잡아야 할지 내 처지에 비추어 그 조건을 따져보기 시작했다. 우선 건강에 유익한지, 가까운 곳에 물이 있는지 살펴야 했다. 둘째 뜨거운 햇빛을 피할 수 있는 곳인지, 셋째 무서운 맹수들로부터 안전한지, 넷째 바다를 조망할 수 있는지 고려해야만 했다. 혹시라도 지나가는 배가 있다면 구조될 수 있으리라는 기대감을 버릴 수는 없는 일 아닌가?

나는 산에 올라가 주변을 살폈다. 그러자 높이 솟은 언덕 옆에 자그마하고 평탄한 지대가 펼쳐져 있는 것이 눈에 띄었다. 평지 쪽을 향하고 있는 언덕의 전면은 저택의 옆면처럼 가파르게 경사가 져 있었다. 그리고 마치 동굴 입구처럼 약간 들어간 빈 공간이 있었다. 움푹 들어간 빈 곳 바로 앞 풀밭에 텐트를 치기로 했다. 바위 앞 평지는 가로세로 100미터 정도의 잔디밭이었다. 북서쪽을 향하고 있어 뜨거운 햇볕을 피할 수 있었다.

나는 바위 앞에 지름 20미터 정도 되는 반원을 그었다. 그러고는 배에서 가져온 닻줄들과, 주변에서 마련한 장대들을 이용해 울타리를 만들었다. 꽤 높아서 사람이건 짐승이건 타고 넘어올 수 없었다. 이 작업은 내게 엄청난 시간과 노동을 요구했다. 특히 숲에서 말뚝 장대들을 깎아 와 땅바닥에 박는 일은 상상하기 어려울 정도로 힘들었다. 입구를 문 모양이 아니라 짤막한 사다리를 이용해 울타리를 넘어가는 방식으로 만들기로 했다. 안으로 들어온 뒤 사다리를 걷어버리면 완벽한 요새가 될 수 있을 것 같아서였다. 그래야만 밤에도 편히 잠을 잘 수 있을 것 같았으며 실제로 그랬다.

나는 천신만고 끝에 이 요새 안으로 내 모든 소유물을 날랐다. 그런 후 대형 텐트를 쳤다. 맹렬하게 퍼붓는 비를 피하기 위해서였다. 텐트는 이중으로 쳤다. 안쪽에 작은 텐트를 치고 그 위에 큰 텐트를 다시 친 것이다. 그리고 바깥 텐트를 배의 돛들 사이에서 찾아낸 방수 천으로 덮었다.

로빈슨 크루소가 도착한 섬의 그림 지도

대니얼 디포가 1720년 출간한 소설 『로빈슨 크루소의 놀라운 모험과 삶 동안의 진지한 성찰: 천사 세계에 대한 비전과 더불어(Serious Reflections During the Life and Surprising Adventures of Robinson Crusoe: With his Vision of the Angelick World)』에 실린 삽화. 『로빈슨 크루소』의 소재가 된 실존 인물은 따로 있는데, 알렉산더 셀커크라는 스코틀랜드 선원이다. 셀커크는 항해 도중 선장과 싸워 오늘날 칠레의 일부인 '마스아티에라'라는 섬에 4년간 버려졌다. 이 섬은 1966년 로빈슨크루소 섬으로 이름을 바꾸었다.

로빈슨 크루소

그 일을 끝낸 후 바위 안쪽을 파내는 일을 시작했다. 그리고 그 흙을 땅바닥에 쌓았다. 이렇게 해서 텐트 바로 뒤에 동굴을 만든 셈이 되었다. 이 동굴은 지하 창고 역할을 했다.

이렇게 거처를 준비하면서 내가 한 가지 세심하게 주의한 것이 있다. 바로 화약들을 조금씩 나누어 보관하는 일이었다. 만일 번갯불에라도 맞아 화약이 일시에 폭발하면 큰일 아닌가! 화약 분리 작업을 대략 보름 만에 마쳤다. 모두 120킬로그램쯤 되는 화약을 100개 이상으로 나누기 위해 작은 화약 상자를 만들어야 했으니 보통 일이 아니었다. 화약을 바위 구멍 여기저기에 숨겨놓았다. 이제 화약이 물에 젖을 염려도 없었고, 한꺼번에 폭발할 일도 없었다.

이 작업을 하는 틈틈이 적어도 하루 한 번은 엽총을 들고 탐색을 나갔다. 답답한 마음을 푸는 게 주목적이었지만 혹시 사냥감이라도 찾을 수 있을까 하는 기대도 있었다. 소득이 있었다. 염소들을 발견한 것이었다. 정말 큰 발견이 아닐 수 없었다. 하지만 당장에 염소들을 잡을 수 있었던 것은 아니었다. 녀석들은 정말 예민하고 발걸음이 날래서 공격하기가 정말 쉽지 않았다. 하지만 곧 녀석들을 잡을 수 있게 되었다. 내가 계곡 아래쪽에서 놈들에게 접근하면 놈들은 쉽게 바위 사이로 도망가버리곤 했다. 하지만 녀석들이 계곡에서 풀을 뜯고 있을 때 위쪽에서 접근하면 녀석들은 나를 전혀 알아차리지 못했다. 아마 눈의 위치가 아래쪽에 있어서 위에 있는 물체를 식별하지 못하는 것 같았다. 그 방법으로 종종 염소들을 잡을 수 있었다. 염소 고기가 내게 아주 중요한 식량이 되었음은 물론이다.

거처와 식량이 어느 정도 확보가 되었지만 내 처지에 대한 우울한 상념들은 그치지 않고 찾아와 나를 괴롭혔다. 정상적인 교역 항로에서 수천 킬로미터는 족히 떨어진 곳까지 밀려온 처지였다. 그리고 기적 같은 일이 벌어지지 않는 한 이런 비참한 곳에서 생을 마감할 수밖에 없었다.

'이게 하느님의 뜻이 아니라면 도대체 무엇이란 말인가?'

'당신께서 만드신 피조물을 이렇게 철저하게 비참하게 만드신 뜻은 무엇일까? 왜 당신께서 만드신 피조물이 자신의 삶에 대해 감사하지 못하게 만드신 걸까?'

하지만 늘 그런 비관적인 생각에만 잠겨 있었던 것은 아니다. 그런 비관적인 생각이 들 때면 황급히 다른 생각이 떠올라 나를 제지했다. 내 이성이 되살아나 나를 다잡아준 것이다. 그 때 생각했다.

'네가 비참한 처지에 처해 있는 건 맞아. 하지만 다른 선원들을 생각해봐. 그들은 어떻게 되었는가? 왜 너만 선택받은 것인가? 아무리 나쁜 일을 당하더라도 그 안에는 좋은 것이 들어 있을 수 있다. 아무리 나쁜 일이라도 그보다 더 나쁜 일에 비하면 좋은 일일 수도 있다.'

그러자 긍정적인 생각이 줄을 이었다.

'생존에 필요한 것들이 얼마나 잘 준비되어 있어? 배에서 물건들도 다 꺼낼 수 있었잖아. 그런 것들을 구할 수 없었다면 어떻게 되었겠어?'

그리고 내가 거처를 마련하고 식량을 마련하는 데 도움이 된 물품 하나하나를 떠올리며 감사하는 마음을 가졌다. 살아 있는 한 아무런 부족함 없이 자립해서 지낼 수 있으리라는 자신감까지 생겼다.

섬에 온 지 열흘 또는 열이틀 정도 지났을 때였다. 책과 펜

이 없으니 날짜 계산도 못 하고 평일과 안식일도 구분하지 못할 것이라는 생각이 들었다. 하지만 그 문제는 이렇게 해결했다. 나이프로 커다란 나무 기둥에 도착한 날짜를 새겨 넣었다. 그리고 그 기둥을 십자가 모양으로 만든 후 내가 착륙했던 해변에 세워놓았다. 거기에 "1659년 9월 30일 처음 섬에 도착하다"라고 새겨 넣었다. 그리고 그 기둥 양옆에 매일 칼로 금을 새겨 날짜를 기록했다. 일주일 째 되는 날은 다른 날보다 조금 길게 새겨 넣었고 매달 초하루는 더 길게 새겼다. 일주일, 한 달,1년을 계산하는 나만의 달력이 완성된 것이다.

그렇지만 내가 여러 차례 본선으로 왕복하며 가져온 물건 중에는 펜, 잉크, 종이도 있었으며 나침반, 망원경도 있었고 『성경』도 세 권 있었다. 그런 것들을 소중하게 보관했다. 아 참, 잊지 말아야 할 사항이 하나 더 있다. 본선에는 고양이 두 마리와 개 한 마리가 있었다. 고양이 두 마리를 직접 데려왔다. 개는 내가 처음으로 짐을 실어 나른 날 자기 혼자 힘으로 바다에 뛰어들어 헤엄쳐 뭍까지 나를 따라왔다. 이 개는 여러 해 동안 충직한 내 하인 노릇을 했다. 한편 내가 발견한 잉크와 종이는 최대한 아껴 썼다. 잉크가 떨어지지 않을 때까지 모든 사항을 비교적 충실히 기록했다. 하지만 잉크가 떨어지고 난 뒤에는 기록할 수 없었다. 아무리 궁리를 하고 온갖 수단을 동원해도 잉크는 만들 수 없었다.

나는 최대한의 지혜와 노동력을 발휘하여 자급자족할 수 있는 준비를 했다. 하지만 아무래도 도구가 모자랐다. 그래서 모든 일은 상상할 수 없을 정도로 더디게 진행되었다. 말로는 쉬웠지만 말뚝으로 내 거처를 에워싸는 데만 거의 1년이 걸렸다. 생각해보라. 무거운 말뚝이나 장대를 숲 속에서 깎고 준비하는 일이 얼마나 힘든 일이었겠는가? 게다가 그것들을 일일이 집으로 옮기는 일은? 어떤 때는 말뚝 한 개를 깎아서 집으로 가져오는 데만 이틀을 소비했고 그걸 바닥에 박는 데만 사흘이 걸리기도 했다.

하지만 일이 지루할 정도로 더디게 진행된다고 해서 걱정할 필요가 뭐가 있단 말인가? 내게는 남아도는 게 시간이었다. 급할 것 하나 없었다. 그 일이 끝난다 한들 식량을 찾기 위해 섬을 정찰하는 일 외에는 아무 할 일이 없었다.

어느 정도 정착이 되자 내 삶의 대차대조표를 그려 정리할 필요가 있음을 느꼈다. 내 이성이 의기소침해 있던 내 마음을 다스릴 수 있게 되면서 최선을 다해 자기 자신을 위로하기 시작했다. 내가 처한 상황을 더 나쁜 상황과 구분하고, 내 불운한 상황에서 그래도 긍정적인 면들을 곰곰이 생각해냈다. 다음은 내가 처한 부정적 상황과 그 상황 속에 포함되어 있는 긍정적인 면을 정리한 것이다.

1. 구조될 희망이 전혀 없이, 끔찍할 정도로 황량한 무인도에 난파되었다. / 하지만 살아 있다. 우리 배의 모든 동료처럼 물에 빠져 죽지 않았다.
2. 나만 이런 비참한 상황에 빠져 다른 사람들로부터 소외되었다. / 하지만 다른 동료들과 달리 나만 선택되어 살아남았다. 나를 기적적으로 살려주신 분께서 나를 이 상황으로부터 구해주실 수 있다.
3. 인간들로부터 격리되고 인간 사회로부터 추방된 외톨이다. / 하지만 굶어 죽지 않았으며 이 황량한 장소에서 자급자족할 능력을 갖추고 있다.
4. 내게는 몸을 덮을 옷가지조차 없다. / 하지만 열대기후대에 와 있다. 옷이 있다 하더라도 여기서 입을 일은 전혀 없다.

내가 정리한 내용은 사실 이 세상에서 나처럼 비참한 처지에 빠진 사람은 없다는 사실을 증명하고 있었다. 하지만 그 안에는 부정적인 면과 긍정적인 면이 함께 들어 있다는 것도 분명한 사실이다. 내 사례가 어려운 일을 겪고 있는 사람들에게 지침으로 사용되었으면 한다. 무슨 지침? 어려운 상황에 처할수록 될 수 있으면 행운 쪽에 마음을 더 기울이라는 그런 지침 말이다. 나야말로 그 누구도 겪기 어려운 상황에 부닥쳤던 사람 아닌가? 그런 내게 효력을 발휘한 지침이니 남들에게 도움이 되지 않을 리 없다.

그런 식으로 마음을 가다듬고 나니 이제부터 내가 할 일이 너무 명확해졌다. 본선에서 그 뭔가를 찾겠다고 바다 쪽을 바라다볼 일도 없어졌으니 처한 상황에서 가능한 한 내 생활을 편안하게 만드는 일, 그것이 바로 내가 해야 할 일이었다.

우선 한 일은 거처를 좀 더 안전하게 만드는 일이었다. 동굴 안쪽 흙벽을 더 파 들어가기 시작했다. 안쪽은 푸석푸석한 모래 암반이어서 쉽게 무너져 내렸다. 오른쪽을 파기 시작했다. 얼마를 판 후 다시 오른쪽으로 틀어 결국 바깥으로 나올 수 있게 만들었다. 이 작업을 통해 말뚝 울타리 요새에서 바깥으로 나가는 새로운 출구가 생긴 셈이었고 새로운 공간이 생긴 셈이었다. 그 공간은 밖으로 나가는 새로운 출구이자 물건들을 정리할 수 있는 창고이기도 했다.

다음으로 내게 가장 필요하다고 생각되는 필수품 제작에 전념했다. 특히 의자와 탁자를 만드는 일부터 시작했다. 하지만 단 한 번도 도구를 다루어본 적이 없는 사람이었다. 내가 사용할 수 있는 것은 오로지 나의 이성뿐이었다. 그리고 놀랄 만한 발견을 했다. 모든 것을 수학의 힘으로 풀 수 있다는 사실을 발견한 것이다. 그리고 수학의 본질과 원천이 바로 이성에 있음을 발견한 것이다. 이성의 힘으로 모든 것을 계산하고 합리적으로 판단만 한다면 누구나 온갖 도구를 제작할 수 있음을 알게 되었다. 거기에 도구와 근면한 노동력, 창의력을 보태기만 하면 된다.

손도끼와 까뀌만 가지고도 많은 물건을 만들었다. 물론 그것들을 만드는 데는 어마어마한 노동력이 필요했다. 보통 때라면 그 물건들이 이렇게까지 엄청난 노동력으로 만들어질 일은 결코 없었을 것이다.

예를 하나 들어보자. 널빤지가 필요하면 우선 나무를 한 그루 베어냈다. 그다음에는 세워놓고 양쪽 면을 도끼로 계속 쳐서 평평하게 만들었다. 마침내 나무가 널빤지 모양으로 얇아지면 이번에는 까뀌로 매끄럽게 다듬었다. 그렇게 해서 나무한 그루에서 겨우 널빤지 한 장을 얻을 수 있었다. 어마어마한 시간과 노동력이 필요했음은 두말할 필요가 없다. 하지만 남아도는 게 시간이었다. 게다가 내 노동력을 아낄 필요도 없었다. 아무리 쓰더라도 별로 아깝지 않은 것을 절약할 필요가 있겠는가?

나는 힘들여 탁자 하나와 의자 하나를 만들었다. 그렇게 하나하나 필요한 물건들을 만들어 집을 채우다 보니 내 동굴은 모든 물품이 잘 보관된 종합 창고 같았다. 모든 물건이 쉽게 손닿는 곳에 가지런히 잘 정돈되어 있는 모습을 보는 게 큰 낙이었다. 옛날 같으면 아무렇게나 봐 넘겼던 생활필수품들이 그토록 멋지게 보일 수 있다는 것도 새로운 깨달음이었다.

이 무렵부터 모든 날의 일과를 일기 형태로 기록하기 시작했다. 처음 섬에 도착했을 때는 모든 일에 허둥대느라 엄두도 못 내던 일이었다. 하지만 필수품들을 힘들여 마련하고 생활이 어느 정도 안정되자 일기를 쓰기 시작했다. 잉크가 떨어져 더 이상 일기를 쓸 수 없게 되기까지의 내 일기 내용을 독자들에게 모두 공개한다. 일기를 쓰기 이전의 일도 기억을 더듬어 간단하게 썼다.

일기

1659년 9월 30일

나 로빈슨 크루소는 가련하게도 끔찍한 폭풍으로 인하여 난파를 당하고 이 황량한 섬(나는 이 섬을 '절망의 섬'이라 이름 지었다)에 오게 되었다. 동료들은 모두 익사했고 나도 거의 죽은 목숨이다.

굶어 죽든지 맹수에게 잡혀 죽든지 내게는 오로지 죽음만이 어른거릴 뿐이었다.

10월 1일

나는 너무나 놀라운 발견을 했다. 아침에 만조가 되면서 본선이 바다 위로 떠올라 섬 해안가에 밀려와 있는 것이 아닌 가! 그 모습 자체만으로도 내게는 얼마나 큰 위안이 되었는 가! 배가 무사한 것을 보니 내가 필요로 하는 것들을 가져올 수 있다는 생각이 들었기 때문이었다. 그러나 다른 한편으로 는 배의 동료들이 사라졌다는 슬픔에 젖지 않을 수 없었다. 그 냥 배에 남아 있었더라면 모두 목숨을 살릴 수 있지 않았겠는 가! 모두 힘을 합쳐 보트를 만들 수 있었을 것이고 그 보트를 이용해 어디론가 갈 수 있었을 것 아닌가!

나는 온종일 그 생각에 심사가 복잡했다. 배가 물에 거의 잠 기지 않았다는 사실을 발견하고 배 쪽으로 헤엄쳐 가서 배 위 에 올랐다. 바람은 전혀 불지 않았지만 계속해서 비가 내렸다.

10월 1일부터 24일까지

거의 한 달 동안 헤엄쳐 배까지 왔다 갔다 하며 필요한 물 건들을 날랐다. 이 기간에 많은 비가 내렸다. 아마 그때가 우 기였던 것 같다.

10월 26일

물건들이 많아지니 새 거처가 필요했다. 거의 온종일 적합한 거처를 물색하며 해안가를 쏘다녔다. 좋은 장소를 발견하고 텐트를 쳤다.

10월 26일부터 30일까지

배에서 가져온 물건들을 열심히 새 거처로 날랐다. 그동안 비가 억수같이 내렸다.

10월 31일

먹을거리를 찾아보기 위해 엽총을 들고 섬 안쪽으로 정찰을 나갔다. 암염소 한 마리를 사살했다. 새끼 염소가 집까지 나를 따라왔다. 먹이를 주어 기르려 했지만 먹이를 먹지 않아 그 녀석 역시 죽였다. 마음이 편치 못했다.

11월 3일

엽총을 들고 나가서 오리 비슷한 새 두 마리를 잡았다. 아주 좋은 식량감이었다. 오후에는 탁자를 만들기 시작했다.

11월 4일

하루 일과를 짜기 시작했다. 사냥 나가는 시간, 자는 시간, 오락 시간 등으로 하루를 나누었다. 비만 오지 않으면 매일 아침 두세 시간 밖으로 나갔다. 그런 후 오전 11시까지 열심히 작업을 하고 점심을 먹었다. 낮에는 두 시간 낮잠을 자고 저녁 무렵에 다시 작업을 시작했다. 아직 작업이 서투르지만 곧 장인이 되리라.

11월 6일

드디어 탁자를 완성했다. 오, 나의 첫 공예품!

11월 7일

맑은 날씨가 계속 이어졌다. 탁자가 완성되었으니 이제 의자 만드는 일에 착수했다. 11월 12일 오전까지 소요되었다.

특기 사항: 안식일 지키는 일을 포기할 수밖에 없게 되었다. 말뚝 달력에 일요일 새기는 걸 깜빡하는 바람에 요일 구분을 잊어버리고 만 것이다.

11월 14일, 15일, 16일

사흘 동안 조그만 그릇과 상자들을 만들며 보냈다. 화약을 나누어 담기 위해서였다. 16일에 큰 새 한 마리를 잡았다. 맛 좋은 식량이었다. 하지만 이름은 알 수 없었다.

11월 17일

텐트 뒤편 안쪽을 파내기 시작했다. 삽으로 쓰기에 적당한 나무를 발견한 게 큰 소득이었다. 앞으로의 모든 작업에 큰 도움이 되었다. 한편 동굴 파는 작업에는 흙을 담을 광주리와 그걸 실어 나를 도구가 필요했다. 하지만 둘 다 실패했다. 광주리를 만드는 게 무척 어렵다는 것을 실감했다. 흙을 나르는 도구로 나무 운반차 비슷한 것을 만들어 사용했다. 바퀴를 만들 수 있다면 얼마나 좋을까! 하지만 엄두도 내지 못했다.

11월 23일~12월 16일

그동안 오로지 도구 만드는 일에만 몰두했다. 어느 정도 도구가 마련되자 체력이 허락하는 한 동굴 파는 일에 몰두했다. 동굴을 파내는 데 하루 꼬박 18시간을 소비했다. 동굴이 창고, 무

「사랑의 행복: 일기 쓰기 Liebesglück: der Tagebucheintrag」

독일 화가 아우구스트 뮐러의 1885년 작품. 개인이 그날 겪은 일과 생각, 느낌 등을 기록한 일기는 인류 문명의 발전과 함께한 오래된 글쓰기 방식 중 하나다. 애초 일기라는 이름의 글 형식에는 조선시대의 『승정원일기(承政院日記)』나 이순신의 『난중일기(亂中日記)』처럼 정부 기록이나 사업 기록, 군사 기록도 포함했다. 동양에서 가장 오래된 일기를 보면 809년경 당나라 이고(李翱)의 여행기 『내남록(來南錄)』, 10세기 말~11세기 초 일본 여성 소설가 무라사키 시키부의 『무라사키 시키부 일기(紫式部日記)』, 1201년 이규보의 『남행월일기(南行月日記)』 등이 있다. 중동에서는 11세기 이븐 반나가 쓴 일기가 정확히 날짜순으로 되어 있어 오늘날 일기와 가장 비슷하다. 서양에서는 14~16세기 르네상스 시대에 개인들이 일기 형식의 글을 남겼다. 그리고 17세기 영국의 행정가 새뮤얼 피프스(Samuel Pepys)가 오늘날 일기의 요소와 성격을 갖춘 근대적 일기를 최초로 썼다. 이 소설에서 로빈슨 크루소는 자신이 문명인이란 사실을 잊지 않으려고 일기를 쓰기 시작한다.

로빈슨 크루소

기고, 부엌, 식당, 그리고 지하 저장실을 겸한 공간이 되도록 가능한 한 넓게 파려고 애썼다. 도중에 흙이 무너지는 사고가 있었다. 버팀목과 널빤지들을 설치해서 동굴 벽이 무너지지 않게 하느라 작업이 오래 걸렸다. 드디어 동굴을 파는데 성공했다.

12월 17일

이날부터 20일까지 선반을 설치했다. 그리고 장대에 못을 박아 물건들 걸이로 쓸 수 있게 했다. 모든 일이 끝난 후 물건들을 안으로 날랐다. 그사이 탁자 하나를 더 만들었다.

12월 27일

어린 염소 한 마리를 사냥했는데, 다리에 부상 입혀 생포했다. 부상 입은 염소를 오랫동안 돌봐주었더니 완쾌가 되었다. 녀석이 문 앞 풀밭에서 풀을 뜯어 먹으며 떠나려 하지 않았다. 드디어 가축을 사육하게 된 것이다.

1월 2일

개를 데리고 염소 사냥을 나갔다. 하지만 내 오산이었다. 염소들이 개에게 일제히 달려드는 통에 개는 꼬리를 감추고 도망치고 말았다. 이후 개는 염소 가까이 가려고도 하지 않았다.

1월 3일~ 4월 14일

담장을 만들기 시작했다. 자세한 이야기는 생략하고 그 작업이 1월 3일부터 4월 14일까지 오래 걸렸다는 것만 지적해두겠다. 얼마나 고된 노동을 해서 완성했는지는 독자 여러분의 상상에 맡긴다.

이 기간에 비만 안 오면 매일 사냥감을 찾으러 숲 속으로 정찰을 나갔다. 덕분에 요긴한 사냥감들을 발견할 수 있었다. 특히 산비둘기 종류를 발견한 것은 행운이었다. 이전에 맛본 그 어떤 고기보다 맛이 있었다.

집안일을 해가면서 너무 많은 물품이 필요하다는 것을 점점 깨닫게 되었다. 테를 두른 나무통이 있으면 얼마나 좋을까 생각하고 여러 번 시도를 해보았지만 번번이 실패한 후 결국 포기했다. 또 양초가 없어 너무 불편했다. 불을 밝힐 수 없으니 어두워지기만 하면 무조건 잠자리에 들어야 했다.

아프리카 모험을 할 때 밀랍으로 양초를 만들었던 게 생각났다. 하지만 섬에 꿀벌이 있을 리 만무했다. 대신 염소를 잡을 때 나오는 기름을 이용했다. 그걸 모아 두었다가 햇볕에 구워 만든 토기 접시 위에 놓고 배를 메우는 데 쓰는 뱃밥으로 심지를 만들어 그럭저럭 등잔불로 썼다.

그런데 그 기간에 아주 중요한 발견을 하나 했다. 이것저것 뒤지다가 작은 주머니 하나가 내 눈에 띄었다. 안을 열어보니 닭 모이용 곡식들이 들어 있었다. 주머니에는 극히 적은 양의 곡식들이 남아 있었는데 그나마 쥐들이 다 먹어치운 상태였다. 따라서 주머니 속에서는 곡식 껍질들과 흙먼지밖에는 보이지 않았다. 주머니가 쓸모 있으리라 생각하고 곡식 껍질들을 바위 밑 요새 한쪽으로 털어냈다.

얼마 후 큰 비가 내렸다. 그 곡식 껍질들을 털어버렸다는 사실조차 까맣게 잊고 있었다. 그런데 대략 한 달 정도 지난 후 그곳에 종류를 알 수 없는 초록색 줄기가 솟아나 있는 것을 발견했다. 무슨 이름 모를 식물이려니 하고 무심코 지나쳤다. 그런데 며칠이 지난 후였다. 그 줄기들에 열두어 개의 이삭이 달려 있는 것이 아닌가! 깜짝 놀랐다. 보리 이삭이었던 것이다!

일기

73

나는 정말 놀랍고 신기했다. 당연히 신의 섭리를 생각하지 않을 수 없었다.

그때까지 종교적으로 살아온 사람이 결코 아니었다. 내게 일어난 일을 종교적으로 깊이 생각해본 적도 없었다. 그 모든 것들을 그냥 우연이거나 하느님 좋으실 대로 멋대로 일어난 일이라고 치부하고 넘겨버리던 사람이었다. 하지만 곡식이 자라나기에 전혀 어울리지 않는 그런 곳에서, 더구나 어디서 왔는지도 모를 보리가 자라는 모습을 보고 충격에 빠지지 않을 수 없었다. 불현듯 하느님께서 기적처럼 이곳에 보리를 자라게 해주신 거라는 생각이 들기 시작했다. 그리고 오로지 나를 살려주시기 위해 내리신 은혜라는 생각이 들기 시작했다. 가슴이 뭉클해졌으며 눈물이 나왔다. 이런 자연의 놀라운 기적이 나에게 일어나다니! 나 자신을 축복하기 시작했다. 그런데 더욱 놀라운 일이 벌어졌다. 그 근처 여기저기에 보리 이삭 말고도 다른 곡식 줄기들이 흩어져 자라고 있는 것이 아닌가! 벼 줄기들이었다.

나는 이 곡식들을 순전히 나를 도와주시려는 하느님의 섭리로 생각했다. 그리고 이 섬 어디인가에도 같은 곡식들이 자라고 있으리라고 생각했다. 그 생각에 섬 구석구석을 샅샅이 뒤지고 다녔다. 하지만 그 어디서도 곡식 줄기를 찾을 수 없었다. 그때 문득 한 가지 생각이 떠올랐다. '그래 내가 곡식 주머니를 이곳에 털었었지!'

그 사실이 생각나자 하느님의 섭리 운운하며 흥분했던 내가 우스워지기 시작했다. 그냥 일상사에 불과한 일임을 알게 되자 하느님의 섭리에 대해 감사하는 마음이 줄어들었다. 하지만 곧 마음을 고쳐먹었다. 도대체 열 두어 개의 곡식 알갱이가 무사한 것이 어찌 기적이 아니란 말인가! 그것은 바로 하늘에서 떨어진 선물이 아닌가! 내가 하필 그것들을 그 장소에 버리게 된 것이 어찌 하느님의 섭리가 아니란 말인가! 정말이었다. 그곳은 높은 바위 밑 응달이어서 곧바로 싹이 난 것이었다. 만약 곡식 알갱이들을 다른 곳에 버렸다면 햇볕에 타서 말라버렸을 것이다. 곡식이 여문 훗날의 일이지만 곡식 이삭들을 조심스럽게 대략 6월 말까지 잘 보관했다. 그때가 재배 철이었기 때문이었다. 물론 처음부터 생각했던 대로 곡식을 수확할 수 있었던 것은 아니다. 그 이야기는 나중에 하기로 하고 다시 일기로 돌아가자.

4월 16일

드디어 사다리를 완성했다. 그걸 타고 방벽을 올라간 뒤 방벽 안쪽에 내려놓았다. 울타리로 완벽하게 둘러싸인 거처가 생긴 셈이다. 내부 공간은 넉넉했다. 밖에서 안으로 들어오기 위해서는 일단 방벽을 오르지 않으면 그 어떤 것도 접근 불가능!

4월 17일~21일

방벽 완성 후 예기치 못하던 일을 겪었다. 전혀 가볍지 않은 지진을 경험한 것이다. 한순간에 언덕이 무너져 내려 그대로 생매장당할 수 있다는 공포감에 사로잡혔다. 하지만 뾰족한 수가 없었다. 방벽 없는 밖에서 잔다는 것은 상상할 수가 없었다. 또한 새로운 거처를 마련하는 일은 하루아침에 될 일이 아니었다. 어쨌든 최대한 속도를 내서 전과 똑같은 절차를 밟아 새 거처를 마련해야겠다고 결심했다. 하지만 당장은 위험을 무릅쓰고라도 이곳에 있을 수밖에 없다.

4월 22일

획기적인 도구를 마련한 기념비적인 날이다. 내겐 도끼 세 자루와 수많은 손도끼가 있었다. 하지만 그간의 작업 때문에 온통 날이 손상되고 무디어진 것들뿐이었다. 새로 작업을 시작하기에는 무리가 있었다. 다행스럽게 내게는 회전 숫돌이 있었다. 하지만 그것을 돌릴 방법이 없었다. 고심 끝에 발로 돌릴 수 있는 줄 달린 바퀴를 고안해냈다. 꼬박 일주일이 걸린 작업이었지만 마침내 완성할 수 있었다. 그걸로 도구들을 갈 때의 기쁨을 어떻게 표현할 수 있을까!

4월 28일, 29일

꼬박 이틀을 도구들을 가는 데 썼다. 회전 숫돌은 아주 잘 작동되었다.

5월 1일

해변에서 무엇인가 발견했다. 폭풍에 배에서 해안까지 떠내려 온 나무통이었다. 다가가 살펴보니 화약통이었다. 물이 차서 화약은 딱딱하게 굳어 있었지만 일단 그걸 굴려서 집으로 (이제부터 내 거처를 집이라 부르겠다) 가져갔다. 고개를 들어 배를 보니 선미 부분이 산산이 부서져 배의 나머지 부분과 분리되어 있었다. 지진 때문에 그렇게 된 것이 틀림없었다. 또한 배는 해변 가까이 밀려와 썰물 때는 걸어서 갈 수 있을 정도가 되었다.

나는 능력이 닿는 한 최대한 배를 해체하기로 결심했다.

5월 3일~6월 15일

거의 매일 난파선으로 가서 일했다. 많은 널빤지, 철물들, 나무통들을 구할 수 있었다. 이 일에 몰두하느라 거처를 옮기겠다는 생각은 완전히 사라졌다. 지진은 거처를 옮기라는 경고가 아니라 많은 물건을 내게 가져다주려는 하느님과 자연의 배려였다.

6월 16일

해변으로 내려갔다가 커다란 바다거북을 발견했다. 나중에 알게 된 것이지만 섬 반대편에는 수없이 많은 바다거북이 살고 있었다.

6월 17일

거북을 요리하며 하루를 보냈다. 거북의 뱃속에서 60여 개의 알을 발견했다. 이날 먹은 거북 살코기는 내가 평생 먹어본 음식 중에서 최고로 맛있었다. 그동안 염소 고기와 새고기밖에 먹지 못했던 내 입에 거북 고기는 최고의 진미였다.

6월 19일

몸이 몹시 아팠다. 마치 추위를 타는 것처럼 몸이 덜덜 떨렸다.

6월 20일

밤새 한잠도 못 잤다. 머리가 지끈지끈 쑤시고 열도 펄펄 났다.

6월 22일

몸이 조금 회복되었다. 하지만 큰 병에 걸린 것이나 아닌지 끔찍한 불안감에 시달렸다. 만일 그렇다면 치료 방법도 없고 약도 없지 않은가!

6월 27일

이후 몸이 좀 나아졌다가 다시 오한이 심해지기를 반복했다. 오늘은 오한이 심해서 온종일 침대에 누워 있었다. 먹지도 마시지도 못했다. 목이 말라 죽을 지경이었지만 기운이 없어 일어나지도 못했다. 그저 누워서 기도할 수 있을 뿐이었다.

"주여, 저를 보살펴주십시오. 주여, 저를 불쌍히 여겨주십시오. 주여, 제게 자비를 베풀어주십시오."

잠시 일기를 접고 그날 내가 겪은 중요한 일에 관해 이야기 해야겠다.

그날 밤 끔찍한 악몽에 시달렸다. 꿈속에 방벽 밖 땅바닥에 앉아 있었다. 갑자기 지진이 일고 폭풍이 불었다. 그런데 눈부신 화염에 휩싸인 사람이 거대한 먹구름 속에서 내려와 땅에 서는 것이 아닌가! 온몸이 화염에 휩싸여 있어 눈이 부셨다. 말할 수 없이 무서운 얼굴에 끔찍한 형상이었다.

그가 내게 다가왔다. 손에는 창 비슷한 무기를 들고 있었다. 그가 좀 떨어진 둔덕 근처에 오더니 입을 열었다. 얼마나 무서운 목소리였는지 온몸이 오싹했다. 내가 겨우 알아들은 내용은 대충 이런 것이었다.

"이런 일들을 겪고도 아직 회개를 안 하다니! 네놈을 죽여야겠다."

그는 그 말과 함께 창을 높이 쳐들었다. 그 순간 잠에서 깨었다. 잠에서 깨었을 때의 공포감을 어떻게 표현할 수 있을까! 그것이 무엇을 의미하는지 설명할 수조차 없었다. 그만큼 아무런 종교적 지식이 없는 사람이었던 것이다. 그나마 아버지로부터 받은 알량한 종교적 지식도 8년 동안 거친 선원들과만 지내면서 닳아버리듯 사라진 후였다. 위험에 처해서도 하느님에 대한 두려움이라고는 눈곱만큼도 느끼지 않던 자였고 여러 차례 구원을 받았음에도 진정으로 감사하는 마음을 갖지 않던 자였다.

이곳에 와서도 마찬가지였다. 내가 지금 겪고 있는 고통이 내가 지은 죄에 대한 징벌이라고는 생각해본 적이 없었다. 나를 둘러싸고 있는 위험에서 벗어나도록 그분이 도와주셨으면 하는 바람을 단 한 번도 가져본 적이 없었다. 하느님과 그분의 섭리에 대해서 철저할 정도로 무지한 자였다. 동물처럼 본능에 따라 행동하는 자였고 상식이 지시하는 대로만 행동하는 자였다. 아니다. 사실은 상식에 맞게 행동하는 자도 아니었다.

내가 그 마음씨 좋은 포르투갈 선장에게 구조되어 온갖 도움을 받았을 때 어떠했는가? 최소한의 감사하는 마음이라도 품었던가? 다시 난파를 당해 이 무인도 근처에서 빠져 죽을 위험에 처해서도 과연 회개를 했던가? 그걸 천벌이라고 생각했는가? 그저 수도 없이 "나란 놈은 늘 비참한 불행에 빠질 운명을 타고 난 재수 없는 놈이야"라고 뇌까렸을 뿐 아닌가? 과연 그것이 상식에 맞는 행동이란 말인가?

물론 처음 이곳 해안에 도착한 후, 다른 선원들은 모두 익사했는데 나만 살아남았다는 사실을 알고 광적인 황홀경에 빠졌던 적이 있긴 하다. 하지만 하느님께 진정으로 감사하는 마음을 갖지는 않았다. 그저 살아남았다는 단순한 기쁨에 그쳤을 뿐, 하느님에 대해 묵상을 하지도 않았다. 사실은 바로 그분이 나를 보호해주셔서 살아남을 수 있었던 것이 아닌가!

나는 또한 하느님이 왜 유독 나에게만 자비를 베풀어주셨는지 전혀 궁금해하지 않았다. 단지 살아남았다는 일시적인 기쁨, 한 잔 술이면 날아가 버릴 그런 기쁨만 느꼈을 뿐이었다. 심지어 이 끔찍한 처지에서도, 적어도 굶어 죽지는 않으리라는 희망이 생기자마자 고통 자체도 서서히 잊고 마음이 아주 편안해지기 시작했다. 내 한 몸 지키고 먹여 살리는 데만

온 힘을 쏟았다.

일기에서도 잠깐 언급했듯이 곡식을 우연히 발견했을 때 뭔가 기적 같은 일이 벌어졌다는 것을 느끼고 조금 진지해지긴 했다. 그러나 그게 기적이라는 생각이 사라지자 그 감명도 서서히 사라졌다.

지진 역시 마찬가지였다. 내 처지에서 그보다 더 무시무시한 사건이 어디 있으랴! 절대자의 존재를 더 확실하게 보여주신 사건이 아니던가! 그러나 처음의 공포감이 사라지자 그 충격도 이내 깨끗이 사라졌다. 그리고 그럭저럭 하루하루 보내면서 더 이상 하느님이니, 하느님의 심판이니 하는 것들을 의식하지 않게 되었다. 하물며 현재의 고통이 하느님이 만들어 내신 것이라는 생각은 전혀 하지 않았다.

그러나 내 몸이 아파오자 모든 것이 달라졌다. 비참한 죽음이 눈앞에 다가오자 모든 것이 달라졌다. 격렬한 열병 탓에 체력이 고갈되니 그토록 오랫동안 잠자고 있던 내 양심이 깨어나기 시작했다. 그제야 과거의 나의 삶을 자책하기 시작했다. 내가 죄에 가득 찬 삶을 살았기 때문에, 하느님이 천벌을 내려서 그토록 가혹한 고통을 당하는 것이라고 생각하기 시작했다.

이삼일 동안 지독한 열에 시달리는 한편, 이런 격렬한 반성이 내 마음을 짓눌렀다. 그리고 나도 모르게 하느님을 향한 기도 비슷한 말이 입에서 나왔다. 그것이 진정한 기도였는지 공포감에서 나온 헛소리였는지는 나도 모른다. 머릿속이 온통 뒤죽박죽이었다. 내가 지은 죄가 너무나 뼈저리게 느껴졌으며 이렇게 비참하기 짝이 없는 상태에서 죽음을 맞이하리라는 공포감이 너무 컸다. 내 머릿속은 온통 불안감과 부질없는 망상으로 가득 찼다. 그 상태에서 이런 절규할 수밖에 없었다.

"주여, 저는 얼마나 가련한 놈인가요! 이대로 병에 걸린다면 아무런 도움도 받지 못하고 죽어버릴 것입니다. 아, 저는 어떻게 되는 건가요?"

그러자 눈물이 펑펑 쏟아져 나왔다. 한동안 아무 말도 할 수 없었다.

그 와중에 아버지께서 내게 해주신 충고가 불현듯 떠올랐다. 그리고 아버지의 예언도 떠올랐다.

"그런 바보 같은 길을 걷는다면 하느님께서 축복을 내려주시지 않을 거다. 그리고 언젠가는 내 충고를 무시한 걸 뼈저리게 반성하게 될 거야. 다시 예전 생활로 돌아가려 해도 곁에서 도와줄 사람이 하나도 없을 거야."

나는 큰 소리로 외쳤다.

"그래, 맞아! 아버지의 예언이 이곳에서 온전히 실현된 거야. 하느님의 심판이 찾아온 거야. 나를 도와줄 사람도, 내 말을 들어줄 사람도 없어. 하느님의 명을 거역했어. 내가 누리고 있는 행복에 만족하라는 그런 자비로운 명을 어긴 거야. 그게 얼마나 큰 축복인지 부모님들께 배우려고도 하지 않았어. 그분들의 모든 도움과 배려를 거절했어. 이제 신조차도 도움을 줄 수 없는 상황과 맞서 싸워야만 하게 되었어. 아무런 도움도, 위안도, 충고도 이제 내 곁에 없어!"

이어서 엉엉 울며 이렇게 부르짖었다.

"주여, 제발 도와주십시오! 저는 정말로 고통 속에 빠져 있습니다."

이걸 기도라고 할 수 있다면 이 울부짖음이 내가 드린 최초의 기도였다. 어쨌든 다시 일기로 돌아오자.

6월 28일

잠을 좀 자고 나니 어느 정도 기운이 났다. 오한도 완전히 사라져서 자리에서 일어날 수 있었다. 당장 원기를 회복시켜 줄 먹을거리를 찾는 게 급선무였다. 물병에 럼주 150밀리리터 정도를 섞어 마셨다. 그런 후 염소 고기를 조금 먹었다. 우울한 기분에 주변을 거닐다가 밤이 되자 거북 알 세 개를 숯불에 올려 구워 먹었다. 내 기억으로는 평생 처음 식사 기도를 한 후 먹은 식사였다.

식사를 마친 후 다시 산책을 하려고 나섰지만 몸에 기운이 하나도 없어서 조금 걷다가 땅바닥에 앉아 눈앞에 펼쳐진 바다를 바라보았다. 잠시 일기를 접고 그 이후에 내 안에서 벌어진 일을 뒤따라가 보자.

바다를 하염없이 바라보며 앉아 있노라니 문득 이런 생각이 떠올랐다.

'그동안 수없이 보아왔던 이 땅과 바다는 과연 무엇일까? 어디서 생겨났을까? 과연 누구일까? 모든 생명은 다 어디서 온 것일까? 모두 어떤 비밀스러운 존재자가 만드신 거겠지. 그분께서 이 땅과 바다, 공기와 하늘을 만드신 거겠지. 그렇다면 그분은 대체 어떤 분일까?'

그러자 아주 자연스럽게 이 모든 것을 만드신 분이 하느님이라는 생각이 떠올랐다. 그와 함께 이런 생각이 들었다.

'만일 하느님께서 이 모든 것을 만드신 거라면 그 모든 것을 주재하고 관장하시는 분도 당연히 하느님일 것이다. 이 세상 모든 일에서 그분이 모르시거나 명하시지 않는 일은 하나도 없을 것이다. 그렇다면 그분께서는 내가 지금 이 섬에 와 있다는 것, 내가 이토록 끔찍한 상황에 처해 있다는 것도 당연히 아실 것이다. 또한 내게 일어난 모든 일도 결국 그분이 명하셔서 일어난 일일 것이다.'

그 사실이 너무 명확해지자 이번에는 이런 질문이 떠올랐다.

'그렇다면 하느님은 왜 내게 이런 일을 하셨을까? 이런 대접을 받을 만한 짓을 내가 저지른 걸까?'

그러자 내 양심이 나의 질문 자체를 거두어들이게 했다. 내 양심이 내게 이렇게 말하고 있었다.

'이런 철면피 같은 놈! 네가 무슨 짓을 저질렀냐고? 네 삶을 한번 되돌아봐라. 그래도 그런 질문이 나오느냐! 차라리 왜 훨씬 이전에 벌을 내리지 않으셨느냐고 묻는 게 옳을걸. 왜 야머스 항 앞바다에 빠져 죽지 않은 거지? 왜 살레 해적선에 나

포되었을 때 죽지 않은 거지? 아프리카 해안에서 맹수에 잡아먹히지 않은 건 무엇 때문이지? 여기 와서 다른 선원들은 다 죽었는데 너 혼자 살아남고도, 내가 무슨 짓을 저질렀는데? 하고 묻다니!'

양심의 목소리가 내 안에 울리는 것을 듣고 스스로 깜짝 놀랐다. 잠자리에 들려고 집으로 돌아왔지만 도저히 잠을 이룰 수 없었다. 어두워지기 시작해서 램프에 불을 켰다. 병이 다시 도질지도 모른다는 불안감 때문에 너무도 두려웠다. 그때였다. 문득 브라질 사람들이 병이 났을 때 약 대신으로 담배를 피운다는 사실이 떠올랐다. 마침 궤짝 중 한 곳에 바싹 마른 담배 한 롤과 다소 덜 마른 생담배가 있다는 것도 생각났다.

나는 그 궤짝 쪽으로 갔다. 모든 것이 하늘의 뜻으로 이루어진 게 틀림없었다. 그 궤짝 속에서 내 몸의 치료제뿐 아니라 내 마음의 치료제도 발견한 것이니! 궤짝을 열자 담배를 쉽게 발견했다. 그리고 그 안에서 전혀 생각지도 않던 것들도 함께 발견했다. 바로 『성경』들이었다. 그것들을 배에서 가져와 그곳에 쑤셔 넣었다. 『성경』 한 권을 집어 들었다. 그리고 그것을 담배와 함께 탁자로 가져왔다.

나는 담배를 럼주에 탄 뒤 한두 시간 정도 재워두었다. 그리고 석탄 위에 팬을 올려놓고 그 위에 약간의 담배를 올려놓았다. 그리고 그 연기 위로 코를 바싹 대고 들이마셨다. 그러면서 『성경』을 읽기 시작했다. 담배 때문에 머리가 너무 어지러워 진득하게 읽을 수는 없었고 문득 한 구절이 눈에 들어왔을 뿐이었다.

"어려운 일을 당할 때 나를 불러라. 내가 너를 구해주리라. 너는 나에게 영광을 돌려라"

자세히 보니 「시편」 50장에 나오는 구절이었다. 내 처지와 너무나도 어울리는 구절이었다. 그 구절에 깊은 감동을 받았다. 그러고는 전에는 머리에 떠올리지도 않았던 구원이라는 말이 내게 깊은 인상을 남겼다.

사실 내가 하느님에 대해 생각을 했더라도 '하느님께서 무슨 수로 나를 이 섬에서 구원해 주실 수 있단 말이야?'라는 게 내 머릿속에 떠올린 생각이었다. 여러 해 동안 아무런 희망도 없었기에 어찌 보면 당연한 생각이기도 했다. 하지만 그때 구원이라는 단어는 내 뇌리에 박혔으며 이후로도 곰곰이 그 생각을 하곤 했다.

그날 담배 때문에 어질어질해서 일찍 잠자리에 들었다. 그런데 잠자리에 들기 전에 평생 한 번도 해보지 않은 일을 했다. 무릎을 꿇은 채, 내게 약속해주신 일을 꼭 실천해주십시오, 하고 하느님께 기도를 드린 것이다. 어려운 일을 당했을 때 하느님을 부르면 구원해주리라고 하신 바로 그 약속 말이다. 기도를 마치자 담배를 재워두었던 럼주를 마셨다. 그리고 곧 잠 속으로 빠져들었다. 깨어났을 때는 오후 3시경이었는데 그게 다음 날이었는지 아니면 이틀 내내 잠에 빠져 있었는지는 지금도 모르겠다. 이후로도 여러 해 동안 날짜를 일일이 계산하면서 살았는데 나중에 하루가 빈 것을 보면 내가 이틀 동안 잠에 빠져 있었던 것이 더 맞는 것 같다. 잠에서 깨어나니 기운이 상당히 회복되었다. 다시 일기로 돌아가자.

7월 3일

담배 요법을 계속한 결과 오한 발작이 깨끗이 사라졌다. 아직 몸이 완전하지 않아 몸을 추스르려 애썼다. 그사이 내 온 신경은 계속 "내가 너를 구원해주리라"는 『성경』 구절에 쏠려 있었다. 하지만 이 섬에서 내가 구원받을 수 있으리라는 희망

담배

19세기 영국 빅토리아 시대 작자 미상의 작품. 담배가 생산과 무역과 소비의 선순환을 통해 대영제국 전체를 하나로 묶어주는 유익한 작물이라고 묘사했다. 담배는 기원전 1400년경부터 아메리카 멕시코 문명지역에서 애용되다가 16세기 스페인의 신대륙 침략과 함께 유럽으로 전해졌다. 1700년경부터 담배는 유럽과 유럽의 식민지들에서 중요한 산업이 되었다. 식민지로 끌려간 아프리카인 노예들은 담배 농장 외에도 커피, 코코아, 사탕수수(설탕), 면화 농장에서 일했고, 금광이나 은광, 선박용 목재 생산 등에도 동원되었다. 이 모두가 당시 무역과 산업에서 핵심 품목이었다.

은 전혀 보이지 않아 가슴이 무거웠다. 순간 마음을 고쳐먹었다. 어찌 이 섬에서 탈출하는 것만이 구원이란 말인가! 병이 기적적으로 나은 것도 구원받은 것 아닌가! 그런데 그분께 영광을 드리지도 않았다. 그러고도 무슨 더 큰 구원을 바란단 말인가!

나는 즉시 무릎을 꿇고 병에서 회복시켜주신 하느님께 큰 소리로 감사했다.

7월 4일

아침에 『성경』을 들고 천천히 읽기 시작했다. 『성경』을 읽으면 읽을수록 내가 진정으로 회개하지 않고 있다는 생각이 깊이 들기 시작했다. 저를 회개시켜주십시오, 하고 하느님께 기도했다. 어찌 보면 내가 진정으로 드린 최초의 기도였다. 그러자 구원의 의미가 다르게 생각되기 시작했다. 진정한 구원이란 이 섬에서 탈출하는 것을 의미하는 것이 아니라는 것을 알게 되었다. 내가 지었던 끔찍한 죄의 짐에서 벗어나게 되는 것, 그것이 진정한 구원이라는 것을 알게 되었다. 고통으로부터의 구원보다 죄로부터의 구원이 훨씬 더 큰 축복이라는 것을 깨달았다.

이제 일기를 떠나 내게 벌어진 일들에 대해 다시 이야기하기로 하자.

구원의 의미를 깨닫고 나자 비록 생활은 이전과 마찬가지로 비참했지만 마음은 훨씬 편해졌다. 지금까지 몰랐던 크나큰 마음의 평화를 얻게 되었고 건강과 체력을 회복했다.

이제 섬에 온 지도 10개월 이상의 시간이 흐른 셈이었다. 이제 구조될 가능성은 완전히 사라진 것 같았다. 인간의 모습을 한 그 어떤 존재도 이 섬에 발을 디딘 적이 없다고 굳게 믿고 있었다.

흡족할 만한 거처가 마련되자 내게는 섬 전체에 대한 호기심이 일기 시작했다. 7월 15일부터 섬을 더욱 자세히 탐사하기 시작했다. 우선 샛강 어귀로부터 강을 따라 올라가 보기로 작정했다. 바로 내가 뗏목을 댔던 곳이다. 2마일 정도 올라갔을 때 그 샛강이 실은 깨끗한 물이 흐르는 작은 시냇물에 불과하다는 것을 알게 되었다. 시냇물 주변에서 열대성 초원을 발견할 수 있었다. 그리고 그 옆 높은 언덕 곳곳에 푸른 담배 줄기들이 무성하게 자라고 있었다. 그 외에도 내가 알지 못하는 식물들이 많이 자라나고 있었다. 일단 그곳에 식물들이 많다는 것만 확인하고 집으로 돌아왔다.

다음 날 다시 그곳으로 갔다. 전날보다 훨씬 더 높이 올라가니 시냇물이 하나 더 흐르고 있었고 초원 지대가 끝나는 곳에 나무들이 우거져 있었다. 그곳에서 멜론과 포도를 발견했다. 포도 넝쿨이 나무들을 뒤덮다시피 했고 포도송이들이 주렁주렁 매달려 있었다. 정말 놀라운 발견이었고 말할 수 없이 기뻤다.

나는 그날 거기서 하룻밤을 보냈다. 그리고 다음 날 다시 탐사를 시작했다. 그러자 마침내 앞이 탁 트인 곳이 나타났다. 조그맣고 맑은 샘물이 옆 언덕에서 솟아나 동쪽으로 흐르고 있었다. 너무나도 상쾌한 분위기여서 마치 식물원에 와 있는 것 같은 기분이었다.

아, 이 모든 것을 다 내가 소유하고 있다! 마치 군주라도 된 것 같은 은밀한 기쁨을 느꼈다. 계곡 옆을 통해 조금 더 내려가니 풍성하게 자라고 있는 코코아, 오렌지, 레몬, 감귤 나무 등이 눈에 들어왔다. 모두 야생이라 그 양이 적었지만 소중한 것들이었다. 이제 이 과일들을 따서 집으로 나르는 일거리가 생긴 셈이었다. 곧 닥쳐올 우기에 대비하여 포도뿐 아니라 라임 오렌지와 레몬 열매 등을 식량으로 비축해두기로 마음먹었다. 포도는 그 자리에서 건조해서 건포도로 만들기로 작정하고 라임과 레몬 열매는 짊어질 수 있을 만큼 최대한 따서 직접 날랐다.

집으로 돌아와서도 그곳이 무척 마음에 들었다. 거처를 아예 그곳으로 옮기면 어떨까 하는 생각도 들었다. 하지만 아무래도 바닷가에 있는 것이 구조를 받기에 나을 것이라는 생각에 그 계획은 포기했다. 또 다른 재수 없는 사람이 나처럼 이곳으로 오게 될지 알 수 없지 않은가!

대신 그곳에 작은 은신처를 만들었다. 이로써 별장 한 채와 바닷가 본채를 가지게 된 셈이었다. 그 별장을 만드는 데 8월 초까지의 시간이 소비되었다. 그리고 8월 초쯤, 잘 마른 건포도들을 걷어 집으로 가져왔다. 200송이나 되는 큼지막한 건포도를 가질 수 있게 된 것이다.

건포도를 걷어 집으로 나르자마자 비가 내리기 시작했다. 그리고 10월 중순까지 하루도 빠짐없이 매일 비가 왔다. 그 기간 내내 식량 조달을 위해 가끔 사냥을 나가는 것 외에는 거의 동굴 밖으로 나가지 못했다. 8월 말에 커다란 바다거북을 잡을 수 있었던 것은 아주 큰 행운이었다. 다시 일기로 돌아오자. 나의 마지막 일기다.

9월 30일

섬에 도착한 지 1년이 되었다. 불길한 기념일이긴 해도 어찌 되었건 기념일은 기념일이었다. 이날 엄숙하게 금식을 하며 보냈으며 예배 의식도 거행했다. 진지하고 겸손하게 바다에 엎드려 하느님께 죄를 고백했고 그분께서 내려주신 공정한 심판에 감사드렸다. 그리고 예수 그리스도를 통해 자비를 내려주시기를 기원했다. 해가 질 때까지 어떤 음식도 입에 대지 않았다. 밤이 되어서야 비스킷 빵 한 개와 건포도 한 송이를 먹고 잠자리에 들었다.

위의 일기를 쓰고 나니 잉크가 떨어지기 시작했다. 잉크를 아껴 쓰기로 했다. 내 생활에서 중요한 일들만 기록하고 매일 날짜별로 소소한 일들을 기록하는 일은 그만두었다. 따라서 위의 일기가 마지막 일기가 되었다.

다시 태어난 삶

　　그사이 온갖 시행착오를 거듭한 끝에 꽤 능숙하게 농사를 지을 수 있게 되었다. 또한 이 섬의 날씨에 대해서도 많은 것을 알게 되었다. 요컨대 처음에 이곳에 왔을 때와 비교하면 상상할 수 없을 정도로 생활이 안정되었다고 보면 된다. 그러자 섬 전체에 대한 궁금증이 점점 더 커졌다. 급기야 섬을 가로질러 반대편 해안까지 가보기로 결심했다.

　나는 엽총과 손도끼를 챙기고 기르던 개를 동반한 채 여행을 떠났다. 물론 평소보다 많은 양의 화약과 탄환, 식량(비스킷빵과 건포도)을 지낸 채였다. 별장이 있는 계곡을 지나 올라가자 서쪽으로 바다가 보이는 곳까지 이르게 되었다. 그러자 매우 맑은 날씨 탓인지 바다 멀리 육지가 또렷하게 보이는 게 아닌 가! 섬인지 대륙인지는 알 수 없었지만 지대는 꽤 높아 보였다. 서쪽에서 서남서쪽으로 상당히 길게 뻗어 있었으며 내 짐작에 이 섬으로부터 70 내지 100킬로미터는 떨어져 있는 것 같았다.

나는 이 육지가 아메리카 대륙의 일부일 것이라는 추측만 할 수 있었을 뿐 대체 어느 지역인지 분간할 수 없었다. 아무리 보아도 스페인 영토 인근 지역인 것만 같았다. 아니면 야만인들이 살고 있는 지역일지도 몰랐다. 그러니 만일 그곳에 표류했다면 더 큰 불행을 겪었을지도 몰랐다. 하느님의 섭리를 묵묵히 따르기로 마음먹었다. 말하자면 나를 이곳에 데려온 섭리에 복종하고 육지에 가보고 싶다는 헛된 소망을 거두어들였다는 말이다. 내가 듣기로는 스페인 영토와 브라질 사이에 식인종들이 살고 있다고 했으니 저곳이 바로 그곳인지도 모르는 일 아닌가.

이런 생각을 하며 한가로이 앞으로 걸어 나갔다. 그리고 이곳이 내가 사는 지역보다 훨씬 더 살기 좋은 곳이라는 것을 발견했다. 꽃과 풀들로 뒤덮인 매혹적인 초원이 펼쳐져 있었으며 아주 멋진 숲이 자리 잡고 있었다. 그곳에서 수많은 앵무새 무리도 발견할 수 있었다. 한 마리 잡아서 길들여 말을 가르치고 싶었다. 힘들인 결과 새끼 앵무새 한 마리를 막대기로 후려쳐 잡을 수 있었다. 내가 집으로 데려간 녀석은 몇 년 후 말을 할 줄 알게 되었고 나의 좋은 친구가 되었다.

이 탐사 여행은 아주 즐거웠다. 저지대에서는 산토끼와 여우까지 발견했다. 하지만 잡고 싶은 생각은 없었다. 이미 식량이 부족한 사람이 아니었다. 게다가 내 식량은 아주 양질이었다. 염소와 비둘기와 거북이라는 세 가지 훌륭한 양식이 있었던 것이다. 거기다 건포도까지 추가하면 아주 훌륭한 식탁을 차릴 수 있었다.

서둘 것이 없던 나는 이곳저곳 둘러보며 천천히 탐사했다. 밤을 보내야겠다는 생각이 드는 곳에서는 땅바닥에 말뚝을 치고 잠을 잤다. 그리고 이윽고 섬 반대편 바닷가에 도착했다.

그곳에 도착한 내가 섬에서 가장 열악한 곳에 자리 잡았음을 새삼 깨달았다. 그곳에 와보니 정말이지 셀 수 없이 많은 바다거북들이 해변을 뒤덮고 있었다. 내가 사는 반대편 해안에서는 지난 1년 동안 겨우 세 마리를 발견했을 뿐인데…….

게다가 그곳에는 온갖 새들이 살고 있었다. 새들을 원하는 만큼 잡을 수 있었지만 자제했다. 탄약을 아껴야 했기 때문이었다. 그뿐인가! 이곳에는 염소들도 훨씬 많았다.

하지만 이쪽으로 거처를 옮기고 싶다는 생각은 전혀 들지 않았다. 이미 안정적으로 정착했기에 그곳이 마치 정겨운 내 집 같았다. 바닷가를 따라 동쪽으로 약 20킬로미터 정도 더 탐사했다. 그쯤에서 해변에 말뚝을 세워 표시한 다음 집으로 돌아가기로 마음먹었다. 다음 탐사 때는 동쪽에서 시작해서 서쪽으로 이 말뚝이 있는 곳까지 하기로 했다.

돌아오는 도중 내 개가 염소 새끼 한 마리를 급습하여 덮쳤다. 그 새끼 염소를 산 채로 집으로 데려왔다. 집으로 돌아오니 너무나 반가웠다. 떠난 지 한 달이 되었으니 집이 그리울 만했다. 그동안 불편하게 지냈던 임시 거처에 비하자니 내 집은 더없이 완벽한 안식처였다. 그리고 주변의 모든 것들이 나를 너무나 편안하게 해주었다. 섬에 계속 머물러 살아야 하는 것이 내 운명이라면 다시는 집을 멀리 떠나지 않으리라고 결심했다.

집에 돌아온 후 휴식도 취하고 원기도 보충하면서 일주일을 지냈다. 그사이 내가 '폴'이라고 이름 붙인 앵무새 집을 지었다. 그리고 데려온 새끼 염소에게 먹이를 주며 길들였다. 녀석은 애완견처럼 나를 졸졸 따랐고 먹이를 던져주면 너무나 귀엽고 사랑스럽게 받아먹었다. 그때부터 녀석은 내 애완동물 중 하나가 되었고 결코 나를 떠나지 않았다.

이윽고 추분 우기가 찾아왔고 내가 섬에 온 지 두 해가 되었다. 두 번째 기념일인 9월 30일도 더없이 경건하게 지냈다. 이때부터 비록 비참하기 짝이 없는 생활일지언정 내가 지금 영위하고 있는 삶이 지난 삶보다 훨씬 행복하다는 것을 똑똑히 인식하기 시작했다. 달리 말하면 내 이전의 삶이 얼마나 가증스럽고 혐오스러우며 사악한 삶이었는가를 깨달았다는 말이다. 이제 내가 슬퍼하는 일과 기뻐하는 일이 변했다. 지난 2년간 내 욕망 자체가 변했고 즐거워하는 일도 바뀌었다.

이전까지는 탈출 가능성이 전혀 없는 철창에 갇힌 죄수 기분이었다. 어떻게든 살아보려고 애를 쓰다가도 그 생각이 들면 어린아이처럼 엉엉 울기도 했다.

그러나 이제는 모든 것이 완전히 달라졌다. 새로운 생각들로 나를 단련했다. 매일 하느님 말씀을 봉독했고 말씀이 주는 위안을 현재의 내 상황에 그대로 적용했다. 어느 날 아침 『성경』을 펼쳐 드니 이런 말씀이 적혀 있었다.

"나는 결코 네 곁을 떠나지 않고 너를 버리지 아니하니라." 「여호수아」 1장 5절의 말씀이었다. 이 말씀이 바로 내게 해주신 말씀으로 여겨졌다.

'그래, 맞아. 하느님께서 나를 버리시지 않으셨는데 세상 사람들이 나를 버린들 그게 무슨 대수겠는가? 거꾸로 온 세상을 다 가지고 있다 한들 하느님의 은총과 축복을 잃어버린다면 그 손실을 어디에 비교할 수 있겠는가?'

이때부터 비록 버림받고 고독하게 사는 처지라 할지라도, 그보다 훨씬 좋은 상황에서 맞게 되는 행복보다 더 큰 행복을 맛볼 수 있다고 결론 맺었다. 그리고 섬에 오게 해주신 하느님께 오히려 감사를 드리고 싶은 심정이었다. 물론 그 생각 뒤에는 스스로 이런 질타를 하기도 했다.

'무슨 위선적인 생각을 하고 있는 거냐? 그렇다면 너는 구조받기를 원하고 있지 않단 말이냐? 속으로는 어떤 식으로건 섬에서 탈출하고 싶으면서 지금의 처지를 감사하게 여기다니.'

그 생각을 하면 약간 머리가 아팠다. 하지만 이런 고통스러운 삶을 통해 과거의 나의 죄를 알게 되고 회개할 수 있게 해주신 하느님께는 진정으로 감사를 드릴 수 있었다.

나는 이런 마음가짐으로 세 번째 해의 섬 생활을 시작했다. 이 한 해 동안 내가 한 일들을 시시콜콜 이야기해줄 생각은 없다. 다만 내가 정말 부지런하게 살았다는 것만은 말해주고 싶다.

나는 해야 할 일에 따라 일과 시간을 다음과 같이 규칙적으로 나누었다.

첫째로 하루 세 차례씩 『성경』을 봉독하고 하느님께 예배 드리는 시간을 정해놓았다.

다음으로 매일 오전 3시간씩 엽총을 들고 식량을 구하러 나갔다.

세 번째는 식량을 정돈하고 말리고 보관하고 요리하는 시간이었다. 이 일에 하루 중 가장 많은 시간을 썼다.

그리고 저녁 무렵 네 시간 정도는 노동에 썼다.

나는 수시로 널빤지를 깎아 만들었으며 농사를 지었다. 그리고 정말 믿어지지 않겠지만 수확한 곡식들로 빵을 만드는 데 성공했다. 곡식을 갈거나 가루로 빻는 방법도 모르고, 빵을 빚어 말리고 굽고 완성하는 일에 완전히 문외한이었던 내가 그 일에 성공했으니 기적이라고 할 만했다. 곡식 빻는 돌절구를 만들고, 곡식과 껍질을 분리하는 체를 만들고, 온갖 어려움 끝에 빵을 굽는 데 성공했을 때, 세상 전부를 한 손에 쥔 기분이었다. 한편 비 내리는 동안에는 밖으로 나갈 수 없어 앵무새 폴에게 말을 가르쳤다. 녀석은 제법 큰 소리로 "폴!"이라고 말할 줄 알게 되었다.

그리고 정말 자랑스러운 일이 하나 있다. 내가 드디어 토기를 만들어 쓸 줄 알게 된 것이다. 내 나름대로 연구하고 시행착오를 거듭하여 만들어낸 토기들! 불에 구운 다음에 완벽하게 광택이 나는 토기를 처음 갖게 되었을 때의 내 기쁨을 어떻게 말로 표현할 수 있겠는가! 비록 모양새는 볼품이 없었지만 내가 원하는 종류의 토기들을 부족하지 않을 만큼 가질 수 있게 된 것이다.

한 가지만 더 덧붙이자. 정말로 창의적인 노력 끝에 우산을 만들었다는 사실이다. 여러분이 머리에 그릴 수 있는 우산은 아니지만 비가 올 때도 뙤약볕에서도 아주 유용하게 쓸 수 있었다.

섬에 거주한 지 3년째 되는 해는 대부분 그런 일들을 하며 보냈다. 한 가지 더, 비축할 수 있는 식량이 늘어남에 따라 좀 더 큰 헛간을 지었다는 것도 빼놓지 말아야 하겠다.

이렇게 바쁘게 일을 하면서도 내 머리를 절대 떠나지 않고 있던 생각이 하나 있었다. 독자 여러분도 금세 눈치챘을 것이다. 바로 섬 반대편에서 관측했던 육지에 대한 궁금증이었다. 그 육지의 해안까지 가보고 싶다는 생각이 은근히 들었다. 그곳이 사람 사는 곳이라면 더 먼 세상으로 갈 수 있는 방법을 찾을 수도 있지 않을까?

그런 상상이 나를 사로잡자 그 일이 얼마나 위험할 수 있을까, 하는 생각은 전혀 들지 않았다. 내 머리는 금세 바다에 내 몸을 띄울 보트가 필요하다는 생각으로 꽉 찼다. 우선 좌초한 우리 본선의 보트가 떠올랐다. 앞서 말했듯이 그 보트는 난파되었을 때 폭풍우에 밀려 와 해안에 좌초되어 있었다. 허겁지겁 해변으로 달려가 보트를 살펴보았다.

하지만 아무 소용이 없었다. 보트는 거꾸로 뒤집힌 채 모래 무더기에 처박혀 있었다. 도와주는 일손이라도 있다면 모를까, 그걸 바로 세우는 일은 불가능했다. 바닥을 파보는 등 온갖 노력을 다해보았지만 결국 포기했다. 그럴수록 육지에 한번 가

보고 싶다는 욕망은 줄지 않고 더 커지기만 했다. 그 욕망이 얼마나 큰 낭패를 불러왔는지 이제부터 이야기해보기로 하자.

나는 내 손으로 직접 카누 같은 배를 만들기로 했다. 엄청난 크기의 나무를 베고, 잔가지를 쳐내는 데도 2주일 이상이 걸렸다. 그 나무를 다듬고 밑바닥을 그럴듯한 배 모양으로 만드는 데 다시 한 달이 걸렸다. 이어서 안을 파내어 정확한 보트 모양새를 내는 데 다시 석 달이 걸렸다. 결국 스물다섯 명 정도가 탈 수 있는 넉넉한 공간의 카누가 완성되었다. 너무 기뻤다. 이 안에 짐도 넉넉히 실을 수 있으리라! 이제 이 카누를 물로 가져가는 일만 남은 셈이었다. 이걸 물에 띄우기만 하면 그토록 바라던 멋진 항해를 할 수 있으리라!

그런데 아뿔싸! 도무지 그 카누를 물까지 가져갈 방법이 없었다. 온갖 방법을 다 시도해보았다. 카누가 놓인 곳에서 물까지는 100미터가 좀 못 되는 거리였다. 우선 경사면을 만들겠다고 땅을 파기 시작했다. 하지만 땅을 다 판 후에도 카누는 꼼짝도 하지 않았다.

나는 생각을 고쳐먹었다. 그래, 카누를 저기까지 가져갈 수 없다면 물이 여기까지 올 수 있게 만드는 거야! 카누가 있는 곳까지 운하를 파기로 마음먹었다. 정말로 가능할 것 같았다. 꼼꼼히 계산을 해보았다. 파내야 할 운하의 폭과 깊이, 버려야 할 흙 등을 계산해본 후 이 일에만 꼬박 10년 내지 12년의 세월이 필요하다는 결론을 내렸다. 결국 나 혼자 힘으로는 불가능하다는 결론이었다.

이 사실을 깨닫고 정말 우울해졌다. 내가 가장 힘들인 일 중 하나가 아무 성과 없이 끝난 셈이었다. 그래도 소득은 있었다. 치러야 할 대가는 생각하지도 않고, 또 내 능력을 올바르게 판단해 보지도 않고 덥석 일부터 저지르는 게 얼마나 어리석은 짓인지 똑바로 깨달은 셈이었으니 말이다.

그런 쓰디쓴 실패를 맛보며 섬에서 네 번째 해를 넘겼다. 그리고 네 번째 기념일도 전과 마찬가지로 경건한 마음으로 기도를 하며 보냈다. 이제 열심히 『성경』을 읽고 하느님의 말씀을 새기면서 예전에 내가 알던 지식과는 다른 지식을 얻었고 세상사에 대해 다른 생각을 품게 되었다. 과감하게 말한다면 다시 태어난 삶을 살게 되었다고 해도 무방하다.

이제 세상을 나와 무관하게 동떨어져 있으며 기대할 것도 없고 아무런 욕심도 부릴 것이 없는 대상으로 바라볼 수 있었다. 그 결과 현세의 온갖 사악한 욕심에서 벗어났다. 「누가복음」16장 26절의 말씀대로 "육체의 쾌락과 눈의 쾌락을 좇는 것이나 재산을 가지고 자랑하는 일"도 없었다. 탐욕을 부릴 것이 아무것도 없었다. 누릴 수 있는 모든 것을 다 가진 사람이었고 내 모든 영지의 영주였다. 그렇지만 오직 내가 사용할 수 있는 것만 가장 가치 있는 것일 뿐 다른 것은 아무 소용이 없었다. 요컨대 『성경』과 함께한 나의 섬 생활은 내게 다음과 같은 온당한 생각을 심어주었다.

'이 세상 모든 좋은 것들은 우리에게 효용 가치가 있는 만큼만 좋은 것이지 그 이상은 아니다. 우리가 아무리 많은 물건을 쌓아놓고 있어도 그것들을 우리가 사용할 수 있을 만큼만 누리는 것이지 그 이상은 아니라는 것이다. 제아무리 수전노라 할지라도 나와 같은 처지에 놓인다면 탐욕이라는 죄를 깨끗이 씻어버릴 수 있으리라. 도대체 돈이라는 것이 무슨 소용이 있단 말인가!'

그러자 내 삶은 처음에 비해 너무나 편안한 삶으로 바뀌었다. 육체뿐 아니라 정신에서도 더 편안해진 삶이었다. 음식을 앞에 놓고 이 황량한 무인도에서 그 같은 성찬을 차려주신 하느님께 감사했다. 그리고 내게 결핍된 것보다 내가 누리고 있는 것에 대해 더 많이 생각하는 법을 배웠다. 가지지 못한 것에 대한 불만은 가진 것에 대해 감사하는 마음이 부족한 데서 오는 것이라는 것을 배웠다.

이 모든 생각은 하느님께서 베풀어주신 선의를 똑바로 인식하게 했고, 온갖 고난과 불행 속에서도 감사하는 마음을 갖게 해주었다. '나와 같은 고통을 겪고 있는 사람이 또 어디 있을까?'라며 절망에 빠진 사람들에게 분명 큰 도움을 줄 수 있는 마음가짐이라고 확신한다.

그러면서 하느님께 감사할 줄 모르며 지냈던 내 과거의 삶을 뼈저리게 회개하고 반성했다.

그런 반성을 하면서 섬에 도착한 후 하느님께서 얼마나 특별하게 나를 보살펴주셨는지, 얼마나 풍성하게 많은 것들을 베풀어주셨는지 곰곰이 생각했다. 그분은 내 죄로 인해 내가 받아 마땅한 벌보다 훨씬 가벼운 벌을 내리셨을 뿐 아니라 오히려 많은 것을 선물해 주셨다. 내 회개가 받아들여진 것이며 하느님께서는 앞으로도 많은 자비로운 일들을 마련해놓고 계시리라는 희망도 품게 되었다.

나는 이런 무인도에서 도저히 기대할 수 없었던 많은 자비로운 일들을 누리고 있었다. 그러니 내 처지에 불만을 털어놓기보다는 오히려 감사해야 하며 수많은 기적만이 가져올 수 있었던 일용할 양식에 대하여 감사를 올려야 했다.

난파선이 도달할 수 있는 무인도 중에 이 섬보다 나은 섬이 과연 있을까? 이 섬은 사람들과 교류가 끊긴 곳이니 고통스러운 곳임이 틀림없다. 그러나 이곳에는 굶주린 맹수도 없고 독을 지닌 동물도 없다. 나를 잡아먹을 야만인 또한 없는 것이 이 섬이었다.

한마디로 말하자. 내 삶은 어떤 면으로는 슬픔과 고통이 가득한 삶이었지만 다른 면으로는 자비가 가득한 삶이었다. 내 삶에는 위안이 넘쳐흘렀다. 내겐 온통 하느님이 베풀어주시는 선의를 인식하고 매일 위안을 얻을 수 있는 것들로 그득했다. 그런 생각을 하게 되자 반성을 멈추었고 더 이상 슬픔에 젖지 않게 되었다.

마음을 하느님의 뜻에 완전히 복종시키고 나 자신을 전적으로 그분의 섭리에 내맡기니 더없이 평온했다. 사람들 사이에 섞여 살 때보다 더 행복했다. 기도를 통해 하느님과 대화를 나누면서 사는 것이 속세에서 사람들과 어울려 사는 것보다 더 행복한 삶이 아니겠는가?

야만인들을 발견하다

어언 5년이 흘렀다. 그사이 무슨 특별한 일은 없었다. 농사짓고 건포도 말리고 사냥 나가는 것이 주된 일이었다. 하지만 그 외에 아주 중요한 일과가 하나 더 있었다. 바로 카누를 만드는 일이었다. 그리고 마침내 이 일을 마쳤다.

의아하게 생각할 독자도 있을 것이다. 아니, 전에도 이미 카누를 만든 적이 있지 않은가? 결국 물에 띄우지 못했잖은가? 하지만 첫 번째 실패를 거울삼아 이번에는 좀 더 작은 카누를, 좀 더 가까운 물가에서 만들었다. 그리고 카누에서 물가까지 폭 2미터, 깊이 1미터 정도의 운하를 만들었다. 반 마일 정도

길이였다. 결국 2년 가까운 노력 끝에 카누를 물에 띄우는 데 성공했다.

하지만 그 카누는 내가 애당초 카누를 만들기로 마음먹었을 때의 의도를 충족시킬 수 없었다. 40마일 이상 떨어진 본토 대륙까지 가기에는 크기가 너무 작았다. 하지만 일단 카누가 생겼으니 내가 살고 있는 섬이라도 일주해보고 싶다는 생각이 머리를 맴돌았다. 카누에 조그만 돛대를 세우고 본선에서 가져와 보관하고 있던 돛을 달았다. 카누는 그럴듯한 보트가 되었다. 보트 안에 보관함도 만들었다. 그 보관함에 식량들을 실었고 보트에 조그맣고 긴 홈을 파서 그 안에 엽총을 넣었다. 그리고 보트 뒤쪽에는 뜨거운 햇볕을 가릴 우산도 장착해놓았다.

모든 준비가 끝난 뒤 가끔 보트를 타고 바다로 나갔다. 처음에는 결코 멀리 나가지 않았다. 섬을 한 바퀴 돌아보고 싶다는 욕망과, 이 작은 카누로는 위험하다는 경고가 내 안에서 충돌했다. 하지만 내 작은 왕국을 돌아보고 싶다는 욕망이 이겼다. 여행을 하기로 결심했다.

결심한 후 여행에 필요한 식량을 준비했다. 스물네 개의 보리빵, 말린 쌀 한 단지, 럼주 작은 병 하나, 염소 반 마리, 염소 사냥에 필요한 화약과 탄환을 보트에 실었다. 드디어 야심 찬 여행길에 올랐다.

하지만 모든 것이 내 지나친 의욕에서 비롯한 무모한 짓이었다. 예상치 못했던 해류를 만나 망망대해로 떠내려갈 위험을 겪었으며 암초에 좌초할 뻔한 위험도 겪었다. 자세한 내용은 생략하지만 사흘 동안 악전고투한 결과 보트로 섬을 일주하겠다는 본래 목표를 포기했다. 도중에 발견한 샛강 어귀에 보트를 정박시키고 걸어서 주변을 탐색하기로 했다.

보트를 정박시키고 주변을 살펴보니 전에 내가 걸어서 섬을 탐색하러 왔을 때 도착했던 지점에서 그다지 멀지 않은 곳임을 알 수 있었다. 보트에서 엽총과 우산만을 챙긴 채 길을 걷기 시작했다. 그리고 저녁 무렵 마침내 별장에 도착했다. 모든 것이 두고 간 그대로였다.

나는 방벽을 넘은 뒤 그늘에 누웠다. 너무 피곤해서 곧바로 잠이 왔다. 그때 놀라운 일이 벌어졌다. 누군가가 내 이름을 부르는 소리에 잠에서 깨어났던 것이다.

"로빈, 로빈, 로빈 크루소. 가엾은 로빈 크루소, 로빈 크루소

너 어디 있니? 너 그동안 어디 있었어?"

나는 잠에 반쯤 취해 비몽사몽인 상태였다. '누군가 내게 말을 걸고 있는 꿈을 꾼 거겠지'라고 생각했다. 그런데 계속 내 이름을 부르는 소리에 잠에서 완전히 깨어났다. 처음에는 무시무시한 공포감이 엄습했고 이어서 너무 놀라 혼비백산할 수밖에 없었다. 그런데 눈을 떠보니 앵무새 폴 녀석이 울타리 꼭대기에 앉아 있는 것이 아닌가! 내게 말을 한 건 바로 그 녀석이었다. 녀석이 내게 해준 말은 내가 녀석을 손가락 위에 앉히고 자주 들려주던 말이었다. 그걸 배워 지금 내게 들려준 것이었다. 도대체 어떻게 나를 따라 여기까지 온 것일까? 아무튼 녀석이 반가워 "폴" 하고 이름을 불렀다. 붙임성 많은 녀석은 곧 내 엄지손가락 위에 앉았다. 그러고는 나를 다시 보게 되어 기쁘다는 듯 말을 계속했다.

"가엾은 로빈 크루소, 내가 여기에 왜 온 걸까? 내가 어딜 다닌 걸까?"

이런 작은 소동으로 내 보트 탐사는 끝이 났다. 보트로 섬을 둘러보는 일을 포기했다. 너무나 정성 들여 만든 보트였기에 아쉬웠지만 스스로 위험에 다시 뛰어들 생각은 들지 않았다. 보트를 그 샛강에 그대로 둔 채 걸어서 집으로 돌아왔다.

나는 내 마음을 다스리면서 1년간 차분히 지냈다. 그사이 아주 뛰어난 목수가 되었고 토기 제작자가 되었다. 심지어 창의력을 발휘해 물레까지 만들었으니 모양 좋은 토기들을 얼마든지 만들 수 있었다. 하지만 가장 큰 문제는 화약이 점점 떨어져간다는 것이었다. 이 섬에서 산 지도 어언 11년째에 접어들고 있었으니 당연한 일이었다. 총을 쓸 수 없다면 도대체 무엇으로 염소를 잡는단 말인가?

나는 그 문제를 함정으로 해결했다. 함정을 이용해서 염소들을 잡은 후 새끼들을 길들였다. 그리고 내가 기른 염소들을 야생 염소들과 구분해서 보호하기 위해 울타리를 만들어 키웠다. 그 결과 대략 한 해 만에 열두 마리의 다 큰 염소와 새끼 염소를 기르게 되었다. 그리고 두 해가 지나자 대략 오십 마리 정도로 불어났다. 염소를 기르게 되자 자연스레 염소젖도 얻을 수 있었다. 믿기 어렵겠지만 염소젖으로 치즈와 버터도 만들어 먹을 수 있었다. 처음 이곳에 도착했을 때 굶어 죽는 수밖에 없다고 절망했었다. 그런데 이런 황무지에서 이제는 대단한 성찬을 차릴 수 있게 되었으니 모두 하느님 아버지의 은

혜 덕분이었다.

　나와 내 작은 가족이 오순도순 모여 식사하는 광경을 한번 상상해보라. 제아무리 금욕주의자라 해도 미소를 머금을 수밖에 없었으리라. 우선 그 자리에는 온 섬의 군주 폐하이자 영주인 내가 있었다. 내 모든 신하의 생명을 절대적으로 좌지우지할 수 있는 존재였다. 내 마음대로 신하들을 교수형에 처할 수도 있고 마음대로 이용할 수 있고 그들에게 자유를 줄 수도 있으며 다시 빼앗을 수도 있었다. 신하들 사이에 반란이란 있을 수 없었다. 내게 말 거는 것이 허락된 유일한 신하인 앵무새 폴, 이제 다 늙어 정신도 온전하지 못한 채 내 오른편을 지키고 있는 애완견, 배에서 데려온 고양이들 2세인 고양이 두 마리, 이들이 바로 내 신하들이었다.

　나는 이 신하들의 시중을 받으며 풍요롭게 살았다. 사람들과 어울리는 일만 뺀다면 내게는 그 어떤 부족함도 없었다. 그런데 결국 사람들과 어울리게 되어 있는 것이 바로 내 운명이었으니…….

　앞서 말했듯이 모험을 하고 싶은 생각이 없었다. 하지만 보트는 다시 사용해보고 싶어 안달이 났다. 그래서 보트를 정박해놓은 곳으로 자주 찾아갔으며 높은 언덕에 올라 해류와 암초를 관찰하곤 했다. 별장의 위치가 대략 내 본 거처와 보트를 숨겨놓은 곳 중간이었기에 보트에 갈 때면 늘 별장에 묵었다. 가끔 오락 삼아 보트를 타고 바다에 나가기도 했지만 해안에서 돌멩이를 던져 닿을 만한 거리 이상은 절대 나가지 않았다. 급류나 바람에 휩싸여 바다로 밀려 나가게 될 것이 두려웠기 때문이었다.

그러던 어느 날 정오 무렵이었다. 별장을 지나 보트를 향해 가던 도중 소스라치게 놀랐다. 내 집 반대편 해변 위에서 사람의 맨 발자국을 발견한 것이다. 벼락에 맞거나 유령이라도 본 것처럼 망연자실하여 서 있었다. 귀를 기울여보고 주위를 둘러보았지만 아무 소리도 들리지 않았고 아무것도 보이지 않았다. 정신없이 높은 곳으로 올라가 해변을 둘러보았다. 하지만 아무것도 보이지 않았다. 내가 착각한 것이 아닌지 하고 다시 그곳으로 가보았다. 분명히 사람 발자국이었다. 그런데 어떻게 발자국이 이것 딱 하나뿐일 수 있단 말인가? 무수한 상상을 하며 완전히 제정신이 아닌 사람이 되어 요새로 돌아왔다. 발을 디디며 걷는 땅도 느낄 수 없었으며 공포감에 사로잡혀 두세 걸음마다 뒤를 돌아다보았다. 멀리 떨어져 있는 나무들이 사람 모습으로 보여 소스라치게 놀라기도 했다. 요새로 돌아오자마자 허겁지겁 안으로 들어갔다. 그렇다. 이런 일을 겪으니 그건 집이 아니라 요새였다. 어떻게 집 안으로 들어갔는지 기억이 안 날 정도로 공포에 질려 있었고 혼비백산한 상태였다. 아, 인간이란 얼마나 이상한 동물인가! 이 섬에서 탈출하여 사람들 곁으로 가기를 그렇게 바라던 내가, 사람 발자국 하나에 이렇게 공포에 휩싸이다니!

나는 그날 밤 한숨도 잠을 이루지 못했다. 시간이 갈수록 두려움은 커져만 갔다. 아무리 생각해도 발자국 주인은 악마임이 틀림없는 것 같았다. 아무리 이성적으로 판단하려 해도 그 생각이 떠나지 않았다. 도대체 어떻게 그곳에 사람 발자국이 있을 수 있단 말인가? 그들을 데려온 배는 도대체 어디 있단 말인가? 하지만 과연 악마의 발자국이 맞을까? 나를 심판하러 찾아온 악마라면 발자국을 하나 남기는 방식으로 나를 벌하려 할까? 오만가지 생각이 오락가락 하는 통에 잠을 이룰 수 없었다.

다음 날부터 하느님께 기도하고 묵상하며 하루하루를 보냈다. 정의로우실 뿐 아니라 전능하시기도 한 하느님께서 나를 벌하시고 고통을 내리신 만큼 나를 구원해주실 권능도 가지고 계시리라 믿었다. 만일 그분께서 나를 구원해주실 뜻이 없으시더라도 그 뜻에 복종하는 것이 의문의 여지없는 내 의무라고 생각했다. 그리고 그 어떤 경우라도 그분 안에서 희망을 품고, 그분께 기도하고, 그분의 섭리가 가르치는 명령과 지침을 묵묵히 지켜나가는 것, 그것이 바로 나의 의무라고 생각했다.

이런 묵상을 하면서 사흘 동안 꼼짝 않고 요새에 틀어박혀 있었다. 그러자 슬그머니 이런 생각이 들었다. 혹시 그 발자국이 내 발자국 아닐까? 내가 착각한 게 아닐까? 한 번 그런 생각이 들자 점점 더 확신이 커졌다. 심지어 자신을 설득하기까지 했다.

'내가 어디를 밟고 다녔는지 정확히 기억하는 것도 아니잖아. 분명히 내 발자국일 거야. 제 발자국을 보고 유령이니 악마니 하면서 놀라다니, 이런 멍청한 놈!'

나는 내 그림자에 내가 놀란 격이었다는 믿음을 갖고 다시 단단히 마음을 먹은 채 밖으로 나갔다. 하지만 여전히 두려움에 질려 있었기에 여차하면 도망칠 자세를 하고 있었다. 하지만 2~3일을 다니면서 아무것도 목격하지 않게 되자 좀 더 대담해져서 이건 순 내 망상이었을 뿐이라고 확신했다. 하지만 다시 발자국을 발견하고 내 발과 대본 후 거듭 복잡한 생각에 빠져들 수밖에 없었다. 그 발자국은 내 발보다 훨씬 컸다.

나는 말라리아에 걸린 사람처럼 몸을 덜덜 떨며, 누군가가 이 섬에 왔다 간 게 틀림없다고 확신하고 요새로 돌아왔다. 이 섬은 사람이 출몰하는 곳이며 내가 언제 급습을 당할지 모른다는 생각에 두려움이 밀려왔다. 하지만 도대체 어떤 조치를 취해야 할지 감을 잡을 수 없었다.

어쨌든 마음이 너무 혼란스러워 그날 밤 한숨도 눈을 붙이지 못했다. 아침에야 겨우 잠이 들었는데 너무 고단했는지 잠에 푹 빠져들었다. 잠에서 깨어보니 마음이 훨씬 차분해졌다. 좀 더 침착하게 사태를 파악해보기로 마음먹었다. 머릿속을 맴도는 오만가지 생각들이 서로 충돌한 결과 다음과 같은 결론에 도달했다.

'그래, 이토록 쾌적하고 풍요로운 섬이 완전히 버려진 곳일리 없어. 게다가 본토에서 그리 멀리 떨어져 있지도 않은데. 상주하는 사람들은 없더라도 가끔 본토에서 야만인들이 이곳을 찾을 수 있을 거야. 또는 역풍에 밀려 할 수 없이 이곳에 올 수도 있지.'

그런 생각이 들자 요새에 방벽을 하나 더 만들기로 결심했다. 나무를 심어놓아 이제 울창한 숲이 된 곳에 반원형 방벽을 만들기로 한 것이다. 그리고 그 방벽 밖에 나무들을 심었다. 내가 얼마나 그 방벽 만드는 일에 열심이었는지는 심어놓은 나무 숫자가 증명해줄 수 있다. 아마 줄잡아 2만 그루는 심었을 것이다.

2년이 지나자 내가 심어놓은 나무들이 빽빽한 숲을 이루었다. 누구라도 그 숲 뒤에 사람이 사는 거처가 있으리라고는 생각할 수 없을 터였다. 이렇게 나는 나를 보호하기 위해 생각할 수 있는 방법을 총동원했다.

하지만 2년 동안 아무 일도 없었다. 그래도 섬 생활은 많이 불편해졌다. 가축들을 안전하게 보호해야 했고 바깥으로 나갈 때는 사방을 경계해야만 했다.

그러던 어느 날이었다. 가축 중 일부를 안전하게 보호해놓은 다음, 나머지 가축들을 기르기 위한 부지를 찾으러 온 섬을 돌아다녔다. 그런데 지금까지 갔던 것보다 좀 더 멀리 섬 서북쪽 방면으로 갔을 때였다. 바다를 둘러보던 중 아주 먼 바다 위에 보트 비슷한 것이 보인다는 생각이 들었다. 망원경을 요새에 놓고 왔기에 두 눈으로 뚫어지게 그 물체를 주시했지만 자세히 확인할 수는 없었다. 그러나 사실 크게 놀라지 않았다. 이제는 본토의 카누들이 이곳 서쪽 해변에 쉽게 올 수 있으리라는 것을 확신하고 있었기 때문이었다.

나는 언덕을 내려와 섬 서남쪽 해변을 향했다. 그리고 해안에 내려왔을 때 소스라치게 놀랐다. 해안에서 사람의 두개골과 손뼈, 발뼈, 그리고 나머지 신체 부위의 뼈들이 나뒹굴고 있었다. 내가 얼마나 공포감에 휩싸였는지는 표현할 길이 없을 정도다. 불을 피운 흔적도 있었으며 둥그렇게 파인 구덩이도 있었다. 틀림없이 야만인들이 인간의 몸을 먹어치우며 비인간적인 잔치를 벌인 현장 같았다. 식인 행위에 관한 이야기를 들어본 적은 있었지만 이렇게 가까이서 직접 확인하게 될 줄은 꿈조차 꾸지 못했다. 고개를 돌렸다. 속이 메슥거리기 시

야만인들을 발견하다

작했다. 속에 들어 있던 것을 모두 토해냈다. 겨우 정신이 들자 언덕을 향해 내달린 후 요새 쪽으로 걸어갔다.

그 이후 거의 2년 반 동안을 내 생활 반경만 고수하며 살았다. 그들이 식인 잔치를 하기 위해서만 이 섬을 찾는다는 것을 알고서, 안전하다는 것이 확실해졌기 때문이었다. 나 스스로 그들에게 모습을 드러내지 않는 이상 얼마든지 완벽하게 숨어 살 수 있었다. 그리고 내가 그들에게 스스로 모습을 드러낼 이유는 어디에도 없었다. 내가 할 수 있는 유일한 일은 지금 있는 곳에서 완벽하게 숨어 사는 일뿐이었다.

하지만 시간이 흐르자 그들에 대한 불안감이 서서히 사라지기 시작했다. 그들에게 발견될 위험이 전혀 없다는 안도감이 일조했을 것이다. 주위를 조금 더 경계하고, 총 쏘는 일을 자제하는 것만 제외하면 내 생활은 예전처럼 차분하고 평온했다. 그러다 보니 내 머리에 다른 생각이 자리 잡기 시작했다. 그 괴물 같은 야만인들을 박살 내고 희생자들을 구해내야겠다는 생각이 나를 사로잡기 시작한 것이다. 한 번 이런 생각이 들자 온통 그 생각에만 몰두했다.

내가 얼마나 많은 방법을 생각했는지 여기에 적는다면 아

신대륙의 식인 풍습

1505년 출간된 아메리고 베스푸치의 『신대륙(Mundus Novus)』에 실린 삽화. 베스푸치의 세 번째 신대
륙 여행(1501~1502)을 담은 책이다. 이 책을 통해 처음으로 신대륙의 식인(食人) 풍습이 있다고 유럽에
알려졌다. 식인을 뜻하는 영어 카니발리즘(cannibalism)은 스페인어 카니발(canibal)에서 유래했다. 16
세기에 서인도제도에 도착한 스페인 사람들은 그곳에 사는 카리브(carib)인들이 사람을 잡아먹는다고 믿
었는데, 이 '카리브'에서 식인을 뜻하는 '카니발'이 나왔다. 식인 현상은 거의 모든 시대, 모든 문화권에서
발견된다. 유럽에서도 선사시대부터 식인 풍습이 있었으며, 유럽 신화나 전설 등에는 식인 이야기가 흔히
등장한다. 또 전쟁, 자연재해, 재난 등 극한 상황에서 실제로 식인을 한 증거도 있다. 그런 점에서 유럽인
이 아닌 사람은 모두 야만인이고, 야만인은 곧 식인종이라는 논리는 근거가 희박하다.

마 이 작품 전체보다 긴 분량이 될 것이다. 그만큼 그 일에 몰입해 있었다. 하지만 결국 생각해낸 방법은 놈들이 보이는 장소에 매복해 있다가 엽총을 난사하는 것이었다.

'한 번 발사에 두세 명씩 죽일 수 있다면 세 자루의 엽총으로 꽤 많이 죽일 수 있을 것이다. 그런 다음 권총 세 정과 칼을 들고 녀석들을 덮친다면 스무 명쯤 되더라도 전멸시킬 수 있을 것이다.'

나는 마침내 그들을 한눈에 지켜볼 수 있는 적당한 매복 장소를 발견했다. 그곳을 실행 장소로 삼고 머스킷 총 두 자루와 평소에 들고 다니던 사냥용 총을 준비했다. 머스킷 총 두 자루에는 각각 납탄 한 벌 분량과 권총 탄환 크기보다 작은 탄환 네 발을 장전했고 엽총에는 백조 사냥용 총탄이라 불리는 가장 큰 탄환들을 장전했다. 또한 각각의 권총에도 네 발씩 총알을 장전했다.

준비가 끝나자 매일 언덕에 올랐다. 그곳은 내 요새에서 3마일 이상이나 떨어진 곳이어서 꽤 고된 일이었다. 두세 달 동안 끊임없이 감시했지만 늘 아무것도 발견하지 못하고 요새로 돌아왔다. 그사이 그들을 처단하겠다는 결심이 점점 무더지는 것을 느꼈다. 그리고 이런 생각이 들기 시작했다.

'도대체 내가 뭐라고 그들을 심판하려는 것인가? 그들이 하는 행위도 하느님이 허락하신 일 아닌가? 하느님이 어떤 판단을 하고 계시는지 내가 어떻게 알 수 있단 말인가? 그들은 자신들이 저지르는 짓이 죄인지도 모르고 있다. 그들은 우리가 양고기를 먹듯이 사람 고기를 먹을 뿐이다. 모든 것을 젖혀두더라도 그들의 행위가 도대체 나와 무슨 상관이란 말인가? 더욱이 그들은 내게 해를 끼친 것도 아니지 않은가? 게다가 이 계획은 나를 구하는 수단이 아니라 나를 파멸시키는 수단이 될 수도 있지 않은가?'

심지어 내가 그들을 처단하는 행위 자체가 하느님께 죄를 짓는 행위가 될 수 있다는 생각까지 했다. 하느님은 훨씬 자비로운 방법으로 그들을 벌하실 텐데 내가 왜 잔인하게 그들을 벌준단 말인가? 그들을 그냥 내버려두는 것이 오히려 하느님의 섭리를 받아들이는 길이라고 결론 내린 후, 다시 한 번 죄에 빠질 뻔한 나를 구원해주신 하느님께 감사의 기도를 드렸다. 이런 마음가짐으로 거의 1년을 지냈다. 하지만 내 생활은 전과 완전히 달라졌다. 무엇보다 내 마음속에 늘 불안감이 자리 잡았으며 그토록 안온하던 주변에 온갖 위험이 도사리고 있는 것처럼 느껴졌다. 따라서 미래 생활의 편의를 위해 발휘되던 내 창의력도 종지부를 찍었다. 그동안 얻은 소득은 정말로 어마어마한 크기의 동굴을 하나 발견한 일이었다. 보관 장소가 마땅치 않아 늘 걱정거리였던 물건들, 예컨대 화약과 무기들을 모두 그곳으로 옮겼다.

어느덧 섬 생활 23년째를 맞이했다. 이제는 섬의 풍토와 생활 방식에 너무 익숙해져서 그 누구의 방해만 받지 않는다면 남은 생애를 체념하고 받아들일 수도 있을 것 같았다. 하지만 사태는 전혀 다른 방향으로 전개되었다. 나의 그런 평온한 삶을 깨뜨리는 일이 벌어진 것이다. 하지만 우리에게 닥쳐온 가장 끔찍한 악운이 오히려 구원의 수단이나 탈출구가 되는 일이 얼마나 많이 벌어지는가! 내게도 그런 일이 벌어졌다.

섬에서 산 지 23년째 되던 해 12월의 일이었다. 수확 시기여서 들판에 나가 일을 할 수밖에 없었다. 동이 트기 전 이른 새벽에 밖으로 나갔는데 멀리 떨어진 해변에서 불이 피어오르는 것이 아닌가! 지난번 사람의 뼈를 발견한 해변이 아니라 바로 내가 사는 해변 쪽이었다.

나는 재빨리 덤불에 몸을 숨겼다. 그동안 유지해오던 마음속 평온은 이미 사라지고 끔찍한 공포감이 나를 휩쌌다. 그들이 내가 이곳에 살고 있는 흔적이라도 발견하게 된다면! 나를 찾을 때까지 구석구석 뒤질 것 아닌가! 곧바로 요새로 달려가 사다리에 오른 후 들어 올렸다. 그리고 최선을 다해 요새 바깥의 모든 것을 야생 그대로나 자연 그대로의 상태인 것처럼 만들었다.

그런 후 집 안으로 들어와 방어 태세를 갖추었다. 모든 총을 장전하고 하느님께 기도하며 안에 머물러 있었다. 하지만 두 시간 정도 지나자 바깥 일이 궁금해지기 시작했다. 집 뒤편 언덕에 올라갔다. 그리고 망원경을 두 눈에 대고 야만인들이 있는 곳을 관찰하기 시작했다.

적어도 아홉 명 이상의 야만인들이 조그맣게 불을 피우고 주변에 앉아 있었다. 엄청나게 더운 날씨였으니 보온을 위해 피운 것이 아님은 확실했다. 인육을 조리해 먹기 위해 피운 것이 틀림없었다.

그들은 카누 두 척을 끌고 와 해변에 대놓고 있었다. 썰물 때라서 섬을 떠나기 위해 밀물을 기다리고 있는 것이 틀림없었다. 내 짐작대로였다. 잠시 후 조류가 서쪽으로 흐르기 시작하자 그들이 섬을 떠나는 광경이 보였다. 떠나기 전에 그들은 약 한 시간 동안 춤을 추었다. 그들은 모두 홀딱 벗고 있었다. 그들이 카누를 타고 사라지자 어깨에 엽총 두 자루를 걸치고 허리띠 권총을 찬 다음, 옆구리에 단검을 차고 더 높은 언덕으로 올라갔다. 그곳에서 보니 카누가 세 척 더 있었다. 그들은 카누를 저어 본토 대륙을 향하고 있었다.

나는 곧장 해변으로 내려가서 그들의 의식이 남긴 흔적을 살펴보았다. 너무나 두려운 광경이었다. 그들이 먹어 치운 사람의 피와 뼈, 인육 조각이 여기저기 널려 있었다. 그 모습을 보고 치를 떨었다. 다시 한 번 그들을 보게 되면 그 숫자가 얼마든 간에 모두 박살 내버리겠다고 다짐했다.

그들이 이 섬에 자주 출몰하지는 않는다는 것이 분명해 보였다. 그들은 그로부터 열다섯 달이 지난 후에야 다시 섬에 모습을 드러냈던 것이다. 그 기간 내내 발자국은 하나도 발견하지 못했다. 그러나 그들이 별안간 기습적으로 나타날지도 모른다는 생각에 늘 불안감에 젖어 살았다. 언제 닥칠지 모를 재난을 기다리는 일은 실제로 그 일을 겪는 것보다 훨씬 더 괴로운 법이라는 것을 그때 알았다.

프라이데이를 구해주다

　　　　　　　　열다섯 달 내내 죽을 것 같은 우울한
기분에 빠져 아주 조심스러운 생활을 했다. 그리고 1년 하고
도 석 달이 더 지난 후에야 다시 야만인들을 볼 수 있었다. 내
계산으로 정확하게 말한다면 내가 섬 생활을 한 지 24년째 되
던 해 5월이었다.

　하지만 그 이야기는 잠시 접고 도저히 빼놓을 수 없는 일을
한 가지 겪었다는 이야기를 해야겠다. 나와 마찬가지로 이 섬
근처에서 배 한 척이 조난을 당했다. 숨어 있던 암초에 걸려
좌초된 것이다. 그 배에 타고 있던 선원들은 전부 죽고 말았
다. 그 배 선원들은 우리가 조난당했을 때와 마찬가지로 이곳

가까운 곳에 섬이 있다는 사실을 몰랐을 것이다. 그랬다면 구조 보트에 의존하여 어떻게든 섬에 오르려고 애썼을 것이다.

　나는 그 배에 탔던 사람들을 애도했다. '한 사람이라도 생명을 구할 수 있었으면 얼마나 좋았을까'라고 수없이 속으로 되뇌었지만 소용없는 일이었다. 내 보트를 타고 고생 끝에 그 난파선으로 가는 데 성공했다. 스페인 배였다. 개 한 마리가 살아 있다가 나를 반긴 것 빼고는 배에 생명을 지닌 것은 아무것도 없었다. 바닷물에 망가진 물건들 외에 쓸 만한 물건도 별로 눈에 띄지 않았다. 그러나 독주 100리터와 화약을 챙겼다. 그리고 부삽과 부젓가락, 작은 놋쇠 솥 두 개, 석쇠, 초콜릿 제작용 구리 그릇 등을 챙길 수 있었다. 그리고 궤짝도 하나 눈에 띄어 챙겼다. 나중에 돌아와 열어보고 알았지만 그 궤짝에는 고급 독주 병들이 들어 있었고 정말 반갑게도 고급 셔츠 몇 장과 하얀 손수건 십여 장도 들어 있었다. 그리고 금화와 은화와 다 합치면 1파운드는 될 정도의 조그만 금덩이들이 나왔다. 그 모든 것을 동굴 집으로 날라서 쌓아놓았다.

　난파선에 갔다 온 후 요새로 물러나 숨어 살 생각이었다. 일상생활도 예전으로 돌아갔다. 그러던 어느 날 꿈을 꾸었다.

아마 숨어 있던 내 욕망이 꿈으로 나타난 모양이었다.

꿈속에서 요새 밖으로 나가고 있었다. 아침 무렵이었다. 그런데 그때 열한 명의 야만인들이 해변에 도착하는 모습이 보였다. 그들은 다른 야만인 한 명을 데리고 왔는데 아마 잡아먹기 위한 것 같았다. 그런데 그 야만인이 갑자기 그들에게서 벗어나 도망치기 시작했다. 우연인지 그는 내가 숨어 있던 숲으로 왔다. 그에게 모습을 드러내며 용기를 주었다. 그러자 그는 무릎을 꿇고 내게 비는 시늉을 했다. 그를 요새로 데려왔고 그는 내 하인이 되었다. 이제 하인이 하나 생겼으니 섬에서 벗어날 방법이 마련된 것 같아 한없이 기뻤다. 어떻게 해야 섬에서 벗어날 수 있을지, 잡아먹히지 않으려면 어디로 가야 하는지, 무엇을 피해야 하는지 그가 다 알려줄 수 있을 것 같았다. 섬에서 벗어날 수 있다는 희망이 생겼기에 말로 표현할 수 없을 만큼 기뻤다.

그러나 그 모든 것이 꿈이었다. 잠에서 깬 후 더 우울해졌다. 하지만 그 꿈 덕분에 한 가지 확실해진 것이 있었다. 섬에서 무사히 벗어나려면 가능한 한 야만인 하인을 하나 두어야 한다는 것이었다. 그리고 그 야만인은 다른 야만인들이 잡아

먹기 위해 데려온 포로여야 한다고 생각했다. 실행 여부는 차치하고라도 결국 섬에서 벗어나고 싶다는 갈망이 나를 온통 사로잡았다. 식인 야만인 사건, 스페인 난파선 사건, 느닷없이 꾸게 된 꿈이 나를 온통 그쪽으로 몰고 갔다. 결국 어떤 대가를 치르더라도 야만인 한 명을 수중에 넣겠다고 결심했다.

일단 결심이 서자 자주 정찰을 나가기 시작했다. 그러던 어느 날 아침이었다. 드디어 적어도 다섯 척 이상의 카누가 내가 살고 있는 쪽 해변에 상륙하는 것이 보였다. 카누를 타고 온 야만인들은 카누에서 내리더니 이내 시야에서 사라졌다. 그들의 숫자가 너무 많은 것에 놀랐다. 대충 짐작으로도 족히 스무 명은 넘는 것 같았다. 얼른 요새로 돌아와 지난번처럼 만반의 준비를 했다. 그리고 다시 언덕으로 올라가 그들을 살펴보았다. 망원경으로 보니 서른 명이 넘는 것 같았다. 그들은 불을 피워놓고 춤을 추고 있었다.
그때 망원경으로 보니 포로 두 명이 보트로부터 끌려오는 모습이 보였다. 곧바로 야만인 중 한 명이 그를 몽둥이로 강타했다. 단번에 즉사한 것 같았다. 그러자 두세 명이 죽은 자에게 달려들어 몸통을 갈랐다. 그들이 죽은 자의 요리를 준비하는 동안 놀랄 만한 일이 벌어졌다. 그 옆에 홀로 서 있던 희생자가 갑자기 도망치기 시작한 것이다. 몸이 다소 자유로워진 틈을 낸 것이었다. 그는 해변 모래사장을 가로질러 곧장 내가 있는 쪽으로 달려오기 시작했다.

나는 그가 내 쪽으로 달려오는 것을 보고 혼비백산 놀랐다. 그런데 이상한 일이었다. 야만인들 모두가 그를 추격해 오지 않는 것이었다. 단지 세 명만 그의 뒤를 따라 달려왔을 뿐이었다. 게다가 도망자가 추격자들보다 훨씬 빨랐다. 용기가 났다. 그가 그런 식으로 30분만 버틴다면 상당한 거리를 두고 추격자들을 손쉽게 따돌릴 수 있을 것 같았다.

그들과 내 요새 사이에는 샛강 어귀가 자리 잡고 있었다. 도망친 야만인은 물에 풍덩 뛰어들어서 어렵지 않게 샛강을 건너 다시 뭍에 오른 후 힘차게 내달렸다. 추격자 세 명은 그제야 샛강에 도착하더니 그중 두 명이 물에 뛰어들었다. 한 명은 헤엄에 자신이 없는 듯 발길을 돌렸다.

나는 바로 지금이 하인이자 동료, 또는 조수를 구할 절호의 기회라는 생각이 떠올랐다. 분명히 하느님의 섭리가 그의 목숨을 구해주는 역할을 내게 맡기신 것 같았다. 즉시 사다리를 타고 내려가 엽총 두 자루를 집어 들었다. 언덕 꼭대기에 오른 후 언덕을 가로질러 바다 쪽을 향해 달렸다. 그리고 지름길을 택하여 추격자들과 도망자들 사이에 끼어들었다. 내가 도망자를 큰 소리로 부르자 그가 뒤를 돌아다보았다. 흠칫 놀라는 모습이 보였다. 그를 내 쪽으로 오라고 손짓했다. 그리고 추격해 오는 두 녀석 앞으로 천천히 걸어갔다. 우선 앞장서 오던 녀석을 급습하여 엽총 개머리판으로 때려눕혔다. 총소리를 내고 싶지 않았기 때문이었다. 첫 번째 녀석을 때려눕히자 뒤따라오던 녀석이 겁먹은 표정으로 멈추어 섰다. 그러나 녀석은 금방 내게 활을 겨누었다. 앞뒤 생각할 겨를도 없었다. 총을 발사해 단번에 녀석을 명중시켰다. 거리로 보아 남아 있는 야만인들에게는 총소리가 들리지 않은 것 같았다.

도망자는 추격자 두 명이 거꾸러지는 것을 보고 놀란 듯 그 자리에 얼어붙어 있었다. 내가 다시 가까이 오라고 손짓하자, 그는 몇 걸음씩 망설이며 내게 다가왔다. 그는 몸을 덜덜 떨고 있었다. 그는 내게 다가와 무릎을 꿇었다. 그를 향해 미소를 지으며 다정한 표정을 해 보였다. 그를 안심시키기 위해서였다. 그는 땅바닥에 입을 맞춘 후 그곳에 자기 머리를 댔다. 그러더니 내 발을 잡아 자기 머리 위에 올려놓았다. 아마 복종의 맹세를 하는 것 같았다.

그때였다. 개머리판에 맞아 쓰러져 있던 야만인이 정신을 차렸다. 다시 총을 쏘려 했다. 그러나 그 전에 내 편 야만인이 내 허리의 칼을 보았다. 그는 눈짓으로 칼을 달라고 했다. 내가 칼을 건네주자 그는 적에게 달려가 단칼에 머리를 싹둑 잘라버렸다. 그 어떤 사형집행인도 그처럼 빨리 훌륭하게 죄수를 해치울 수는 없을 만큼 능숙한 솜씨였다. 우리는 죽은 자들을 모래에 파묻은 후 요새로 돌아왔다.

동굴 집에 도착한 후 그에게 빵과 건포도 한 송이를 주었다. 그리고 물도 한 그릇 마시라고 주었다. 그가 먹고 마시고 난 후 그에게 볏단 뭉치 위에 요를 깔아놓은 자리를 가리키며 누워 자라는 몸짓을 해 보였다. 내가 가끔 잠을 자곤 하던 잠자리였다. 이 가엾은 야만인은 자리에 누워 잠이 들었다.

그는 적절히 잘생긴 편이었다. 체격은 완벽했으며 그다지 길지 않은 팔다리는 곧았다. 키도 크고 체형도 훌륭했다. 내 짐작에 스물대여섯 살쯤 되어 보였다. 표정은 남성적이었지만 부드러움과 상냥함이 배어 나왔다. 머릿결은 검고 길었지만 곱슬머리는 아니었다. 이마는 매우 높고 넓었으며 눈은 예리하게 반짝거렸다. 피부도 보기 좋은 갈색 올리브 빛깔이었다. 얼굴도 둥글고 통통했으며 입도 아주 잘생겼다. 입술은 얇았고 안에는 상아처럼 새하얀 치아가 가지런히 나 있었다.

그는 반 시간가량 자고 난 후 동굴 밖으로 나와 내게로 왔다. 바로 옆 우리에 가두어두었던 염소젖을 짜는 중이었다. 그는 나를 보더니 자기 머리를 내 한쪽 발 가까이 대고 내 다른 한쪽 발을 그 위에 올려놓았다. 아마 목숨이 다하는 날까지 복종하겠다는 맹세를 하는 것 같았다. 그의 동작들을 이해했고 내 기분이 아주 좋다는 것을 몸짓으로 알려주었다.

우선 그에게 급한 대로 몇 마디 말을 가르쳐주었다. 먼저 그의 이름이 '프라이데이'임을 알려주었다. 그를 구출한 날이 금요일이라서 그렇게 지은 것이었다. 그리고 그에게 '주인님'이라는 단어를 가르쳐주며 그게 바로 내 이름이라고 알려주었다. 또 '예'와 '아니요'라는 말을 가르치고 그 뜻을 설명해주었다. 염소젖을 토기에 담아 빵을 찍어 먹는 모습을 보여주며 그에게 빵 한 덩어리를 주며 그대로 하라고 했다. 빵을 먹으며 그가 맛있다는 몸짓을 해 보였다.

　다음 날 날이 새자마자 그를 동굴에서 나오게 했다. 요새로 돌아가 그의 옷을 마련해주기 위해서였다. 두 명의 식인종을 파묻은 곳을 지날 때 그는 그걸 파내서 먹자는 몸짓을 해보였다. 화가 난 표정을 지었다. 그리고 토할 것 같다는 몸짓을 했다. 그는 내 뜻을 이해하고 순순히 따랐다. 그런 다음 그의 적들이 모두 사라졌는지 망원경으로 확인했다. 그들이 있던 곳에는 카누도 없었고 그들도 없었다. 두 명의 동료를 찾지도 않은 채 섬을 떠난 것이 분명했다. 프라이데이와 함께 식인종들이 있던 곳으로 갔다. 그리고 남은 뼈들을 모두 모아 불을 지펴 태워버리라고 그에게 시켰다. 그에게서 식인 습관을 없애기 위해서였다.

　요새로 돌아온 후 그에게 리넨 속바지를 한 벌 주었다. 난파선에서 가져온 궤짝에 들어 있던 것이었다. 이어서 그에게 염소 가죽 조끼 한 벌, 멋진 모양새의 토끼 가죽 모자도 만들어주었다. 이미 제법 훌륭한 재봉사였기에 옷을 만드는 게 그다지 어렵지 않았다. 그는 이 옷가지들을 처음에는 아주 불편해했다. 하지만 이내 마음에 들어 했다. 주인 못지않게 잘 차려입은 자신의 모습이 보기 좋았을 것이다.

　나는 그에게 요새의 두 방벽 사이에 거처를 마련해주었다. 그리고 그를 쓸모 있고 유익한 사람으로 만들기 위해 필요한 것들을 가르치기 시작했다. 나로서는 더없이 즐거운 일이었다. 그중 내가 제일 힘쓴 것은 셈과 말을 가르치는 일이었다.

　그는 누구보다 재능 있는 학생이었다. 너무 명랑하고 시종일관 부지런했으며 총명했다. 말을 배워 그가 내 말을 알아듣거나 내가 알아들을 만한 말을 하면 너무나 기뻐서 정말로 가르치는 게 신이 날 지경이었다. 그와 지내는 게 너무 편하고 즐거워서 야만인들로부터 안전하기만 하다면 섬에서 떠나지 못하더라도 괘념치 않겠다고 생각할 정도였다.

　나는 프라이데이에게 짐승을 잡아 고기 맛을 보여주었다. 역시 식인 습관을 버리게 하기 위해서였다. 끓인 고기와 수프도 먹이고 염소 구이도 맛을 보였다. 그가 그 맛에 황홀해했음은 물론이다. 이어서 곡식 터는 방법, 체질하는 방법을 가르쳐주고 빵을 빚어 굽는 광경도 보여주었다. 얼마 지나지 않아 그는 그 모든 일을 나보다 더 잘하게 되었다. 식구가 한 사람이 아니라 두 사람이 되었으니 전보다 경작지를 더 넓히고 더 많은 곡식을 심어야 했다. 하지만 프라이데이가 옆에서 도와주니 일도 아니었다.

이 해가 내가 섬에 산 기간 동안 가장 즐거웠던 해라는 것은 두말할 필요가 없다. 프라이데이는 이제 말을 꽤 잘하게 되어 내가 하는 말을 거의 알아들었고 내게 말도 많이 했다. 드디어 나에게 혀를 사용하여 자신의 말을 할 기회가 생긴 것이다. 이전까지는 그런 기능을 사용할 기회가 전혀 없었다. 기껏해야 앵무새 폴에게 한두 마디 말을 가르쳐준 것이 전부였을 뿐이었다. 프라이데이와 대화를 나누는 기쁨 외에도 그의 인간성에서 더없는 기쁨을 느꼈다. 그는 순진하고 거짓이 없었으며 정직하기 이를 데 없었다. 그리고 진정으로 나를 따르고 좋아했다.

프라이데이와 오래 사는 동안 그가 내게 말을 하고 내 말을 알아듣기 시작하면서 그의 마음속에 종교 지식을 심어주려 애썼다. 그에게 이 세상 만물을 누가 만들었는지 아느냐고 물어보았다. 그는 놀랍게도 저 높은 곳에 사는 '베나무키(Benamuckee)' 노인이라고 말했다. 그러나 그는 그 노인에 대해 제대로 설명을 하지 못했다. 단지 그분은 아주 늙어서 바다와 육지와 해와 달보다 더 나이가 많다는 말만 했다.

나는 그들에게도 종교 비슷한 것이 있다는 것을 알고 놀랐다. 하지만 그의 종교는 너무나 단순했다. 그에게 하느님에 관한 지식을 가르치기 시작했다. 하늘을 가리키며 만물을 창조하신 위대한 분이 저 위에 살고 계신다고 말했다. 그분이 이 세상을 지배하시며, 전능하시고 우리에게 모든 것을 주시고 빼앗아가실 수 있다고 말했다. 예수 그리스도께서 우리의 죄를 대신 갚아주기 위해 이 세상에 오셨다는 이야기도 해주었다. 그에게서 '베나무키' 노인을 몰아내야 했다.

하루는 그가 내게 말했다. 하느님께서 태양보다 더 높은 곳에 계시면서도 우리의 기도를 들어주신다면 베나무키보다 더 위대하신 신이 틀림없다는 것이었다. 내가 그 이유를 묻자 베나무키는 그다지 멀리 떨어져 있지 않은 데도 자신들의 말을 알아듣지 못한다는 것이었다. 그의 말을 들으려면 아주 높은 산에 올라가야 하며, 그곳에는 '우워카키(Oowookakee)'라는 몇몇 노인들만 갈 수 있다는 것이었다. 그들이 산에 갔다 온 후 자신들에게 베나무키의 말을 전한다는 것이었다. 이런 무지몽

매한 야만인들 사회에서도 사제들의 술책이 존재한다는 것을 알았다,

나는 프라이데이가 이런 거짓 술책에서 벗어날 수 있게 하려고 애를 썼다. 그들이 들었다는 말은 분명 악마의 목소리일 것이라고 말해주었다. 그리고 악마가 우리의 감정에 어떻게 잠입해서 우리를 유혹하고 파멸로 치닫게 하는지 말해주었다. 그가 얼마나 극악한 하느님의 적인지, 그가 온갖 하느님의 섭리를 좌절시키려고 하는 존재인지도 말해주었다. 그때 프라이데이가 불쑥 이런 질문을 해서 나를 당황하게 했다.

"알았습니다. 그런데 주인님은 하느님이 아주 힘이 세다고 말했습니다."

나는 즉각 대답했다.

"그렇다, 프라이데이. 하느님께서는 악마보다 더 힘이 세시다. 하느님은 악마보다 더 위에 계시다. 그래서 우리가 그 악마란 놈을 발밑에 깔아뭉갤 수 있게 해달라고, 그의 유혹에서 벗어날 수 있게 해달라고 하느님께 기도하는 것이다."

그러자 그가 다시 물었다.

"하지만 하느님이 힘이 세면 그놈이 나쁜 짓을 못 하게 하

느님이 죽이면 되잖아요?"

나는 당장 해줄 말이 없어 곰곰 생각한 끝에 대답했다.

"하느님은 결국 악마를 벌하실 거다. 악마란 놈을 향한 심판이 좀 연기되고 있을 뿐이다."

"왜 연기하나요? 왜 지금 당장 안 죽이나요? 한참 전에 죽였어도 되잖아요."

나는 대답했다.

"하느님은 우리가 나쁜 짓을 한다고 바로 죽이시지 않는다. 회개할 시간과 용서할 시간을 주시기 위해서지."

그러자 그가 대답했다.

"정말 그렇군요. 그러니까, 나도 그렇고 악마도 그렇고 다 나쁜 짓을 하는데, 회개하고 하느님이 용서해주셔서 이렇게 살아 있는 거군요."

나는 온몸에서 힘이 쭉 빠져 나가는 것 같은 기분이 들었다. 인간에게는 본능적으로 하느님의 존재를 알 수 있고 그분을 숭배할 수 있는 능력이 있다는 것을 확인했기 때문이었다. 그의 마음에 그리스도를 심어주기만 하면 되었다.

프라이데이와 그렇게 정말 행복한 3년을 보낸 결과 그는 이제 나보다 더 훌륭하고 착한 기독교인으로 변했다. 우리는 똑같이 회개했고 똑같이 위안과 평화를 느꼈다. 우리는 똑같이 '돌아온 회개자'들이었다. 그는 내가 『성경』을 읽어주면 미처 내가 생각하지 못한 진지한 질문들을 던져 나를 나 혼자 『성경』을 읽었을 때보다 훨씬 훌륭한 『성경』 연구가로 만들어주었다.

프라이데이와 내가 더 친해지고 내가 하는 말을 다 알아듣게 되자 그에게 내 인생 역정을 이야기해주었다. 그리고 무엇보다 화약과 총기 사용법을 열심히 가르쳐주었다. 허리띠도 만들어주고 거기에 단검을 꽂을 수 있는 칼꽂이도 달아주었다. 그리고 칼꽂이 안에는 단검 대신 손도끼를 넣어주었다.

어느 날 그에게 이미 다 부서져버린 보트의 잔해를 보여주었다. 그러자 그가 짧은 영어로 말했다.

"저것과 비슷한 보트가 우리나라에 온 것을 봅니다."

그런 후 그는 자기가 본 보트의 모양을 열심히 내게 설명했다. 그런 후 그가 덧붙인 말에 깜짝 놀랐다.

"우리는 물에 빠진 하얀 사람들을 구합니다."

그러니까 그가 살던 곳에 백인들이 보트를 타고 왔으며 그들이 구해주었다는 이야기가 아닌가! 그들이 내 섬을 눈앞에 두고 난파를 당한 배의 선원들이리라고 생각했다. 꼬치꼬치 그들에 대해 물었다. 그는 그들이 모두 열일곱 명이며 아직도 자기 나라에 살고 있다고 말했다. 그들이 그곳에 산 지 벌써 4년이 흘렀으며 그들이 먹고살 음식을 자기들이 제공했다고 말했다.

나는 프라이데이에게 그들을 잡아먹지 않은 이유가 무엇이냐고 물었다. 그러자 그가 대답했다.

"우리는 선원들과 형제가 되었습니다. 우리는 전쟁을 하지 않을 때는 사람을 먹지 않습니다."

말하자면 전투를 하다 포로가 된 자 외에는 먹지 않는다는 소리였다.

바로 이때부터 그가 말한 하얀 사람들과 합세할 수 있는 길은 없는지 생각하기 시작했다. 그들은 스페인이거나 포르투갈인일 터였다. 본토 대륙에 도착해서 그들과 합류하게만 된다면 그들과 힘을 합쳐 그곳을 빠져나갈 방법을 강구해낼 수 있으리라고 생각했다. 그러려면 무엇보다 큰 카누가 필요했다.

야만인들로부터 프라이데이를 구하는 로빈슨 크루소

1865년 출간된 『로빈슨 크루소』에 실린 영국 화가 알렉산더 프랭크 라이던의 삽화. 소설가 제임스 조이스는 로빈슨 크루소야말로 대영제국의 진정한 상징이라고 지적했다. 적개심에 찬 영국 인종차별주의의 전형이라는 것이다. 어떤 의미에서 로빈슨 크루소는 영국 사회를 섬에다 복제하려고 시도한다. 이 일을 그는 유럽의 과학기술과 농업, 그리고 정치 계급 구조를 이용해 달성해낸다. 그는 흔히 자신을 이 섬의 '왕'이라 생각하며, 선장은 그를 '총독'이라고 부른다. 결국 이 섬이 일종의 '식민지'라는 뜻이다(소설 마지막 부분에서 '내 식민지'라고 말한다). 그는 계몽된 유럽인이다. 반면에 프라이데이는 야만스러운 생활 방식을 버리고 유럽 문화에 동화되어야만 구원받을 수 있는 '미개인' '야만인'이다. 이것은 당시 영국인과 유럽인의 세계관을 정확히 반영한다.

프라이데이를 구해주다

지체하지 않고 프라이데이와 큰 카누 만드는 일에 착수했다. 그에게 도구 사용법을 가르쳐주었다. 일단 사용법을 익히자 그는 나보다 더 능숙하게 도구를 사용했다.

한 달가량의 고된 노동 끝에 우리는 아주 멋진 카누를 완성했다. 물론 전에 저질렀던 실수를 되풀이하지 않기 위해 물가에서 아주 가까운 나무를 골랐다. 그래서 2주일가량 고생한 끝에 카누를 물에 띄울 수 있었다. 커다란 굴림 판 위에 보트를 올려놓고 살살 굴려 물가까지 운반한 것이다. 나 혼자였다면 엄두도 내지 못할 일이었다.

보트가 완성되자 돛대와 돛을 만들어 달았다. 돛대야 천지에 깔린 나무를 이용하면 되었지만 문제는 돛이었다. 옛날에 쓰던 돛을 찾았다. 하지만 대부분이 썩어서 쓸모없었다. 그런대로 멀쩡한 부분을 찾아서 얼기설기 꿰매기 시작했다. 바늘 없이 작업을 했으니 얼마나 어려운 작업이었을지는 독자 여러분도 능히 짐작할 수 있을 것이다. 그렇게 돛을 만들고 돛대를 세우는 일에 거의 두 달을 보냈다. 그리고 카누 뒤쪽에 일종의 키를 만들어 장착했다.

모든 작업이 끝나자 부하 프라이데이에게 항해술에 관한

모든 것을 가르쳐주었다. 그는 노를 젓는 데는 능숙했지만 돛이나 키는 다룰 줄 몰랐다. 그는 키를 다루어 카누 방향을 바꿀 수 있게 되자 너무 신 나 했다. 그는 이내 일등항해사가 되었다.

멀리 갈 수 있는 보트에다 일등항해사까지 갖추게 되다니! 당장에라도 섬에서 벗어나 육지로 갈 수 있을 것 같았다. 영국으로 돌아간다는 도저히 꿈꿀 수 없던 일도 이루어질 것만 같았다.

섬에서 벗어나다

결론부터 말하자. 결국 섬에서 벗어나 영국으로 돌아왔다. 하지만 나와 프라이데이가 공들여 만든 보트 덕분에 그 소망을 이룬 것은 아니다. 전혀 예기치 않던 사건 덕분에 그 일이 가능했다. 그러나 그렇게 되기까지는 여러분에게 꼭 들려주고 싶은 사건이 있었다. 이제부터 그 이야기를 들려주겠다.

섬에 갇혀 산 지 어언 27년째에 접어들고 있었다. 그중 프라이데이와 함께 생활한 지 3년이 되었다. 스물일곱 번째 기념일도 첫 번째 기념일과 마찬가지로 하느님의 자비에 감사드리는 일로 보냈다. 처음보다 감사드릴 일이 훨씬 많아진 것은 물론이다. 게다가 실제로, 그것도 빠른 시일 안에 섬에서 벗어날 수 있다는 희망까지 품게 되었으니 가슴은 더 벅차올랐다. 내년에는 다른 곳에서 이날을 맞을 수 있다! 생각만으로 가슴이 설레었다.

그러는 동안 우기가 찾아왔다. 집 안에서 지낼 수밖에 없었다. 새로 만든 보트는 가능한 한 안전하게 보관했다. 우리는 모험을 감행하기로 한 11월과 12월이 오기만 기다렸다.

그러던 어느 날이었다. 바다거북을 잡으러 해변에 나갔던 프라이데이가 헐레벌떡 뛰어오는 것이 보였다. 그는 말을 채 잇지 못하고 이렇게 외치기만 했다.

"주인님, 나쁜 일. 저기 한 척, 두 척, 세 척 카누!"

프라이데이는 잔뜩 겁에 질려 있었다. 자기를 잡아먹으려고 야만인들이 다시 돌아온 것으로 생각하고 있음이 틀림없었다. 그를 진정시킨 후에 말했다.

"프라이데이, 그렇게 겁먹지만 말고 그들과 맞서 싸우겠다는 생각을 해라."

"하지만 너무 많아요."

"그건 문제가 안 돼. 우리에게는 총이 있잖아. 어때 내 명령대로 하겠느냐?"

그러자 그는 즉시 대답했다.

"죽으라고 명령하면 죽습니다, 주인님."

나는 그에게 럼주를 한 잔 주었다. 그동안 워낙 아껴 마셨기에 아직 조금 남아 있었다. 그가 럼주를 마시자 그에게 엽총두 자루를 건넸다. 그런 다음 머스킷 총들도 가져와 각각 납탄 두 발과 소형 탄환 다섯 발을 장전했다. 또한 두 정의 권총들에는 각각 탄띠 한 벌 분량의 총알들을 장전했다. 칼을 옆에 찼으며 프라이데이에게는 손도끼를 주었다. 말 그대로 완전무장이었다.

준비를 마친 우리는 망원경을 들고 언덕 위로 올라갔다. 망원경으로 보이는 야만인들의 수를 세어보니 모두 스물한 명이었다. 거기에 포로가 세 명이었다. 정찰을 마친 프라이데이에게로 다시 내려왔다. 내 가슴은 분노에 가득 차 있었다. 사람이 사람을 먹다니! 그 순간 오로지 분노에만 젖어 있었다. 프라이데이에게 내 명령이 있기까지는 절대로 총을 쏘지 말라 말하고 함께 오른쪽으로 1마일가량 돌아서 그들 가까이 갔다. 그 정도면 발각되지 않고 놈들에게 총을 쏠 수 있는 사정 거리에 들어선 셈이었다. 이제 행동만 개시하면 되었다.

그런데 순간 이런 생각이 떠올랐다. 대체 무슨 근거로 저들을 공격한단 말인가? 내게 어떤 피해를 준 적도 없고 그럴 생각도 없는 저들을 왜 해쳐야 하는 것인가? 생각해보면 저들에게는 죄가 없는 것 아닌가? 죄가 있다면 야만적 관습이지 저들 자신이 아니지 않은가? 게다가 저들이 저런 관습을 갖도록 아직 하느님도 용인하고 계시는데 내가 어떻게 저들의 심판관이 될 수 있단 말인가? 하느님이 징벌을 내리시기 전에 내가 나서는 것이 과연 옳은 일인가?

나는 이런 생각으로 머리가 복잡해졌다. 그래서 그들 가까이 다가가면서, 그들의 야만적인 잔치를 지켜보며 하느님께서 지시하는 대로 행동하기로 결심했다. 내심 정말로 필요한 경우가 아니면 끼어들지 않으려는 심산이었다.

우리는 숲으로 들어섰다. 그리고 최대한 조심하며 야만인들이 있는 곳 바로 옆 숲 가장자리까지 갔다. 이제 그들과 우리 사이에는 숲 한 귀퉁이만이 가로막고 있는 셈이었다. 프라이데이에게 숲 귀퉁이 바로 끝에 있는 나무 뒤로 가라고 지시했다. 그곳에서는 그들의 모습이 똑바로 보일 것 같아서였다. 그들을 잘 살펴본 후 돌아와 보고하라고 지시했다. 프라이데이는 곧바로 돌아오더니 그들이 포로 한 명을 죽인 후 불가에 둘러앉아 인육을 먹고 있다고 말했다. 그 소리에 잠잠하던 분노가 다시 끓어올랐다. 그런데 그가 놀라운 이야기를 했다. 나머지 포로 중 한 명이 자기 부족 사람이 아니라는 것이었다. 보트를 타고 자기 나라에 도착했던 흰 수염 난 사람 중 한 명이라고 했다. 나무 뒤로 가서 망원경으로 보니 바닷가 해변에 백인 한 명이 누워 있는 모습이 똑똑히 보였다. 양손과 양발이 묶여 있었다. 유럽인이 분명했고 복장도 그랬다. 이제 망설일 필요가 없었다. 그들은 유럽인을 데려와 죽이려 하고 있었다.

두 녀석이 야만인 포로의 발을 풀어주려고 몸을 수그렸다. 프라이데이에게 말했다.

"자, 이제부터 내가 하는 대로 따라 해라. 절대로 실수하면 안 된다."

그 말과 함께 머스킷 총 한 자루와 엽총 한 자루를 땅에 내려놓았다. 프라이데이도 나를 따라 했다. 다른 머스킷 총으로 야만인들을 겨누었다. 프라이데이도 나를 따라 겨누었다. 내가 총을 발사하라고 하자 그가 총을 쏘았고 동시에 내 총도 불을 뿜었다.

프라이데이가 나보다 더 명사수였다. 그는 단번에 두 명을 사살하고 세 명에게 부상을 입혔다. 나는 한 명을 사살하고 두 명에게 부상을 입혔다. 야만인들이 혼비백산했음은 두말할 필요가 없다. 멀쩡한 자들은 모두 자리에서 벌떡 일어났지만 도대체 어디로 가야 할지 몰라 우왕좌왕했다. 무슨 일이 일어난 것인지 알 수 없었으니 당연한 노릇이었다.

나는 머스킷 총을 내려놓고 이번에는 엽총을 집어 들었다. 프라이데이도 따라 했다.

"하느님의 이름으로 공격 개시!"

우리는 함께 야만인들을 향해 총을 발사했다. 우리의 엽총에는 백조 사냥용 탄환들이 장전되어 있었다. 일종의 산탄총이었기에 단 두 명만 고꾸라뜨렸지만 부상자는 아주 많았다. 그들은 미친 듯 고함과 비명을 질러대며 이리저리 뛰어다녔다. 대부분 온몸이 피투성이였다. 곧바로 그중 세 명이 더 고꾸라졌다. 물론 숨이 완전히 끊어진 것 같지는 않았다.

나는 엽총을 내려놓고 장전된 머스킷 총을 집어 들었다. 프라이데이도 따라 했다. 우리는 숲에서 뛰쳐나갔다. 최대한 큰 소리로 고함을 지르며 돌진했다. 곧바로 포로에게 달려갔다. 그를 죽이려던 녀석들은 첫 번째 총격에 이미 놀라 카누 안으로 도망가고 없었다. 야만인 세 녀석이 같은 방향으로 도망가고 있기에 프라이데이에게 쫓아가라고 명령했다. 그는 40미터쯤 쫓아가더니 총을 쏘았다. 녀석들을 모두 명중시킨 것 같았다. 그러나 곧이어 두 명이 일어서는 게 보였다. 프라이데이는 다시 총을 쏘아 한 명을 죽였다. 한 명은 카누 안에 고꾸라졌다.

그사이 칼을 꺼내 결박되어 있던 희생자를 풀어주었다. 그를 일으켜 세우며 포르투갈어로 물었다.

"당신은 누구요?"

"기독교인입니다."

그는 라틴어로 대답했다. 너무나 쇠약한 데다 기절하기 직전이어서 일어서거나 말할 기운도 없는 것 같았다. 그에게 럼주와 빵을 주었다. 그가 먹고 마시고 나자 어느 나라 사람이냐고 물었다. 그는 스페인 사람이라고 대답했다. 그가 손짓 발짓으로 고맙다는 표시를 하자 내 스페인어 실력을 총동원하여 이렇게 말했다.

"세뇨르, 그 이야기는 나중에 합시다. 아직 힘이 있다면 우선 저들을 물리치고 봅시다."

나는 그에게 권총과 칼을 건네주었다. 칼을 잡자 그는 갑자기 숨어 있던 힘이 용솟음친 듯, 자신을 죽이려던 두 명의 야만인에게 달려들어 단번에 요절을 내버렸다. 이 모든 일이 순식간에 벌어진 일이었지만 실은 그들이 워낙 얼이 빠져 있었기에 가능한 일이었다.

나는 프라이데이에게 우리가 처음 발사한 후 땅에 놓아두었던 총들을 가져오라고 지시했다. 그는 즉시 임무를 수행했다. 내 머스킷 총을 그에게 건넨 후 모든 총을 다시 장전했다. 스페인인과 프라이데이는 각자 총을 들고 야만인들을 뒤쫓으며 총을 쏘았다. 최종적으로 야만인들의 피해 상황을 순서대로 정리해보면 다음과 같다.

1. 세 명이 나무에서 쏜 첫 번째 사격으로 죽음
2. 두 명이 다음 사격으로 죽음
3. 두 명이 카누에서 프라이데이의 사격으로 죽음

4. 처음 부상당한 인원 중에서 두 명이 프라이데이에게 죽음

5. 또 한 명이 프라이데이에게 죽음

6. 세 명이 스페인인에게 죽음

7. 네 명이 여기저기 부상당하고 쓰러진 채 발견되거나 쫓
   아간 프라이데이에게 죽음

8. 네 명이 카누를 타고 도망쳤음. 그중 한 명은 부상당함
   이상 총 스물한 명

스물한 명 중 겨우 네 명이 살아서 도망간 셈이었다. 그들은 카누에 탄 채 죽어라고 노를 저었다. 프라이데이가 두세 발더 총을 쏘았지만 맞히지는 못했다. 그들이 대부대를 이끌고다시 공격해 오면 어쩌나 하고 걱정이 되었지만 뒤를 쫓지는않았다. 총에 너무 놀랐으니 다시 돌아오지 않을지도 모른다고 생각하며 스스로를 위로했다. 아마 우리를 사람이 아니라하늘에서 내려온 복수의 정령으로 여길지도 모를 일이었다.실제로 그일 이후 그들은 다시는 이곳에 오지 않았다.

나는 프라이데이와 함께 그들이 남기고 간 카누로 갔다. 한번 살펴보기 위해서였다. 그런데 그 카누 안에서 가엾게 손발

이 묶인 야만인을 발견하고 깜짝 놀랐다. 우리가 까맣게 잊고 있었던 야만인 포로였다. 그는 여전히 손발이 묶인 채 두려움에 떨고 있었다. 그에게 럼주로 목을 축이게 한 다음 프라이데이에게 그가 구출되었음을 알려주라고 했다. 그런데 놀라운 일이 벌어졌다. 그에게 말을 걸려고 가까이 간 프라이데이가 갑자기 그의 얼굴을 뚫어지게 바라보는 것이 아닌가? 그러더니 프라이데이는 그에게 입을 맞추고 엉엉 울다가 웃고, 만세를 부르는 것이었다. 그러고는 이리저리 껑충껑충 뛰면서 춤추고 노래했다. 그런 다음 다시 엉엉 울다가 양손으로 자기 얼굴과 머리를 치더니 또다시 노래를 부르며 이리저리 미친 듯 날뛰었다. 나는 그런 그의 모습을 보고 자신도 모르게 감동을 받고 눈물을 흘렸다. 겨우 숨을 돌린 프라이데이가 말했다. 그 야만인이 바로 자기 아버지라고.

자기 아버지를 죽음의 문턱에서 만나 구해내다니! 프라이데이의 마음속에 솟아난 기쁨과 애정을 지켜보며 나는 정말 벅찬 감동을 느꼈다. 그가 아버지를 향해 보여준 넘치는 애정을 그 절반도 제대로 묘사해낼 수 없다. 쉴 새 없이 카누를 들락날락하면서 가슴을 열어젖혀 아버지 머리를 가슴에 품기도

했고 오랜 결박으로 마비된 아버지 손발을 열심히 문지르기
도 했다. 얼마나 열심히 아버지를 챙기는지 한동안은 그를 그
냥 내버려두어야 했다. 마침내 그의 아버지가 좀 괜찮아졌다
고 생각되자 프라이데이를 불렀다. 그에게 빵과 럼주와 건포
도 그리고 물을 주었다. 그의 아버지는 그것들을 천천히 먹고
기운을 차렸다. 물론 스페인인에게도 물과 빵을 주었다. 기진
했던 그도 기운을 차리자 우리 네 사람은 카누를 타고 요새로
돌아왔다.

이제 내 섬에는 식구가 더 늘어났다. 말하자면 내 백성 세
명이 새로 생긴 셈이었다. 나는 스스로를 부자이며 왕이라고
생각했다. 우선 온 섬이 완전히 내 소유였다. 그리고 내 백성
들은 내게 완벽하게 복종했다. 그들의 목숨이 내 손에 달려 있
었고, 그럴 필요가 생기면 그들은 나를 위해 자신들의 목숨까
지 바칠 각오가 되어 있었다. 나는 절대군주였다. 그런 상태로
우리는 한 달 정도 함께 지냈다.
하지만 내게는 다시 본토 대륙으로 항해를 해보고 싶다는
생각이 고개를 들었다. 더욱이 프라이데이의 아버지는 내가

그곳에 가면 그의 부족 사람들이 나를 잘 대접해줄 것이라고
했다. 내 결심은 더욱 굳어졌다. 하지만 스페인인이 내 생각에
반대했다. 그가 말했다.

"우리는 스페인인과 포르투갈인을 합해서 모두 열여섯 명
입니다. 그곳 야만인들과 평화롭게 지내고 있기는 하지만 사
실은 생필품이 부족해서 겨우 목숨만 부지하고 있는 형편입
니다."

"그렇다면 탈출할 생각은 없소?"

"우리도 많은 이야기를 나누었지요. 하지만 배도 없고 배를
만들 도구도 없으니 이야기를 나누어보았자 소용이 없었습니
다. 절망한 채 한숨 쉬며 눈물에 젖어 지낼 뿐이지요."

"그렇다면 모두 이 섬으로 옮겨 와서 함께 탈출 방법을 찾
으면 될 거 아니오?"

그러자 그가 고맙지만 안 될 거라며 말을 이었다.

"그들이 배반하지 않으리라고 어떻게 보장할 수 있겠습니
까? 은혜를 갚기보다는 자기 이익을 위해 무슨 짓이든 할 수
도 있는 게 바로 사람의 본성 아닙니까? 탈출에 성공한 후 그
들이 배반하지 않으리라는 보장이 어디 있습니까?"

나는 그의 말이 일리가 있다고 생각했다. 하지만 포기할 수 없었다.

"어쨌든 그들이 모두 이 섬으로 오게 된다면 일손이 그만큼 많아지는 셈이오. 그러면 멀리 항해할 수 있는 배를 만들 수 있소. 그러니 이렇게 합시다. 당신이 먼저 프라이데이의 아버지와 함께 그들에게 가서 엄숙한 서약을 맺고 계약서를 작성해 오면 어떻겠소? 나를 그들의 사령관으로 삼고 하느님과 복음서를 걸고 나를 따르겠다고 맹세하는 거요. 그리고 우리가 탈출하면 우선 기독교 국가로 갈 것이며 내가 원하는 나라에 도착할 때까지 내 명령에 절대 복종하겠다고 서약하게 하면 될 것 아니오?"

그는 내 말에 동의했다. 기꺼이 그들과 이야기를 나누고 자필 계약서를 받아 오겠다고 했다. 나는 당장에 그 일을 실행에 옮기자고 했다. 하지만 그는 신중한 사람이었다. 그가 말했다.

"제가 이곳에서 지낸지도 한 달가량 되었습니다. 저는 이곳에 식량이 얼마나 되는지 이제 잘 압니다. 우리 네 명이 살기에도 빠듯하지요. 그런데 열댓 명의 식구가 더 늘어난다면 식량이 부족할 것은 불을 보듯 빤합니다. 게다가 항해를 할 때의

로빈슨 크루소
162

비상식량도 많이 마련해놓아야 합니다. 그러니 우리 넷이 힘을 합쳐 경작지를 더 개간하고 최대한 곡식 씨앗을 많이 뿌려놓아야 합니다."

정말 일리가 있는 제안이었다. 그의 말대로 우리는 힘을 합쳐 경작지를 개간해나갔다. 대략 한 달쯤 지나 파종기가 되었을 때 620킬로그램에 가까운 보리와 열여섯 단지의 쌀을 심을 수 있는 경작지를 개간하고 정비할 수 있었다.

그와 동시에 우리는 어린 염소의 숫자도 늘려나갔다. 그리고 어마어마한 양의 건포도를 만들었다. 6개월 정도 지나자 곡식 수확기가 되었다. 곡식은 아주 잘 익어 있었다. 우리는 심은 보리의 열 배 정도를 탈곡했고 마찬가지 비율의 쌀도 수확했다. 열여섯 명이 더 불어나서 모두 함께 살더라도 다음 수확기까지 충분히 버틸 수 있는 양이었고, 혹시 항해를 떠나더라도 세계 어느 지역까지든 갈 수 있을 만큼 넉넉한 양이었다. 물론 그사이 커다란 대바구니를 만들었다는 사실도 잊지 말아야 할 것이다.

모든 준비가 되자 스페인인과 프라이데이의 아버지는 돛을 단 카누를 타고 본토 대륙을 향해 출발했다. 27년 만에 섬을 탈출할 수 있다는 나의 희망이 모두 그들에게 달려 있었기에 식량을 충분히 챙겨준 다음 너무 즐거운 마음으로 그들을 떠나보냈다. 10월 어느 날이었다. 하지만 그 이후로 섬을 떠날 때까지 그들을 다시 보지 못했다. 나의 계획대로가 아니라 전혀 예기치 못한 사건 때문에 섬에서 벗어나게 되었던 것이다. 정녕 하느님의 섭리가 아닐 수 없었다.

그들이 떠난 지 여드레째 되는 날 아침이었다. 오두막집 본채에서 곤히 잠을 자고 있었다. 그런데 프라이데이가 헐레벌떡 뛰어오면서 큰 소리로 외쳤다.

"주인님, 주인님, 그들이 와요, 그들이 와요."

프라이데이가 하도 다급하게 소리치는 바람에 무기도 소지하지 않은 채 곧장 밖으로 뛰어나가 요새 앞 나무숲을 헤치며 내달렸다. 그리고 시선을 바다로 향하는 순간 깜짝 놀라고 말았다. 약 1마일 반 정도 떨어진 거리에 돛을 단 보트 한 척이 섬 해안으로 다가오는 모습이 보였던 것이다. 마음속으로는 기다리던 사람들이 아닐까 하고 기대했다. 그러나 그들은 우리가 기다리던 사람들이 아니었다.

망원경으로 살펴보니 우리 해안에서 남동쪽으로 1마일 반 정도 떨어진 앞바다에 배 한 척이 닻을 내리는 광경이 또렷이 보였다. 내 관측으로는 분명 영국 배 같았다. 그리고 해안으로 다가오던 보트도 영국산 중형 보트처럼 보였다.

나는 당혹스러운 감정에 빠져들었다. 물론 배를 발견했다는 기쁨, 그것도 내 동포들이 탄 배를 발견했다는 기쁨이 무엇보다 컸다. 하지만 내 안의 그 무엇인가가 조심하라고 경고하고 있었다. 도대체 교역할 만한 장소가 아닌 이곳에 느닷없이 영국 배가 왜 나타났단 말인가? 내가 알기로는 폭풍우가 분적이 없으니 조난을 당한 것도 아니었다. 그들이 영국인이라할지라도 뭔가 좋지 않은 의도를 가지고 이곳에 나타난 것이 틀림없을 것 같았다.

마침내 보트가 해안가에 다가서는 모습이 보였다. 안전하게 상륙할 작은 만이나 샛강 어귀를 찾고 있는 것 같았다. 하지만 그들은 예전에 내가 뗏목을 댔던 작은 샛강 어귀를 발견하지 못하고 그곳에서 반 마일쯤 떨어진 해변으로 보트를 저어 갔다. 나로서는 아주 다행스러운 일이었다. 그렇지 않았더라면 그들은 내 거처 바로 앞에 상륙했을 테고 그랬으면 어떤 일을 당했을지 모를 일이었다.

상륙한 인원은 모두 열한 명이었다. 그런데 그중 세 명은 무장하지 않았을 뿐 아니라 묶여 있기까지 했다. 그들 중 네다섯 명이 먼저 뭍으로 뛰어내린 뒤 세 명의 포로를 끌어내렸다. 그들은 포로들을 매우 난폭하게 다루었다. 심지어는 큰 칼을 들어 올리며 그들 중 한 명을 내리치는 시늉까지 했다. 사정은 전혀 알 수 없었지만 포로들을 끌고 온 자들이 나쁜 자들이라는 확신이 들었다.

나는 그 순간 떠나버린 스페인인과 프라이데이 아버지가 함께 있었다면 얼마나 좋을까 생각했다. 하지만 소용없는 일이었다. 어쨌든 나와 프라이데이 둘이서 모든 것을 해결해야만 했다.

배에서 내린 선원들은 각자 섬 여기저기로 흩어졌다. 아마 주변 정찰을 나간 것 같았다. 그리고 그들은 세 명의 포로를 풀어주었다. 어디든 가고 싶은 데로 가도 좋다는 자유가 주어진 것 같았다. 하지만 그들은 좌절감에 빠져 그 자리에 그냥 앉아 있었다.

그들이 해안에 도착했을 때는 밀물 때였다. 그러나 그들이 정찰하며 시간을 보내는 바람에 그만 바닷물이 다 빠져나갔다. 결국 해안 모래밭에 좌초를 당한 꼴이 되었다. 보트 안에는 두 명이 남아 있었다. 그들은 술에라도 취한 듯 곯아떨어져 있었다. 그중 한 명이 잠에서 깨어 보트가 좌초된 것을 알았다. 그는 고래고래 소리를 질러 동료들을 불러 모았다. 모두 허겁지겁 보트로 돌아왔지만 이미 배를 띄우기에는 늦어버린 상황이었다.

그동안 나는 전에 했던 것과 같은 식의 전투 준비를 했다. 하지만 이전과는 적이 달랐다. 훨씬 더 신중해야만 했다. 사냥용 엽총 두 자루를 내가 들고, 프리이데이에게는 머스킷 총 세 자루를 주었다. 그는 이미 저격수 못지않은 명사수가 되어 있었다. 내가 자주 훈련을 시키기도 했지만 사실은 그의 자질이 뛰어났던 것이다.

한낮의 열기가 절정에 달한 오후 2시쯤 되자 그들 모두 숲속으로 사라졌다. 그늘에 누워 낮잠을 자려는 것 같았다. 세 명의 포로들은 내게서 4분의 1마일쯤 떨어진 곳, 커다란 나무 그늘 밑에 앉아 있었다. 다행히 선원들의 시야에서는 벗어난 곳이었다. 살금살금 그들에게 다가간 후 스페인어로 그들에게 말했다.

"이보시오, 당신들 뭐 하는 사람들이오?"

그들은 느닷없는 내 목소리에 소스라치게 놀랐고 이어서 내 모습을 보고 더욱 놀랐다. 염소 가죽 옷을 뒤집어쓰고 염소 가죽 모자를 쓴 내 모습이 얼마나 기괴하게 보였을까! 그들은 아무 말도 하지 못했다. 어쩌면 그들이 도망갈지 모른다는 생각에 내가 영어로 말했다.

"놀라지 마시오. 나는 당신들을 도와주러 온 거요."

그러자 그들 중 한 명이 모자를 벗으며 말했다.

"당신 하늘에서 떨어지기라도 했소? 우리는 인간이 도울 수 있는 한계를 벗어나 있어요."

내가 말했다.

"본래 도움이란 하늘에서 오는 법이오. 자, 어찌 된 일인지 말해주시오. 저들이 댁들을 함부로 대하는 걸 다 보았소."

그러자 그가 눈물을 흘리며 말했다.

"내가 지금 하느님과 대화를 하고 있는 건가요? 도대체 당신은 사람인가요, 아니면 천사인가요?"

나는 웃으며 말했다.

"이런 옷 입고 있는 천사도 봤소? 하느님이 천사를 내려 보내셨다면 좀 더 잘 입혀 보내셨을 거요. 자, 두려워 마시오. 난 영국인이오. 당신들을 도와주려고 온 것뿐이오. 나 말고 부하가 한 명 더 있소. 그러니 솔직히 말하시오. 우리가 도울 수 있겠소? 도대체 무슨 사정이오?"

그러자 그가 자초지종을 말해주었다.

"간략하게 말씀드리지요. 나는 저 배의 선장입니다. 그런데 부하들이 선상 반란을 일으켰습니다. 나를 죽이려고 이 외딴 섬으로 끌고 온 거지요. 여기 이 사람은 항해사고 이 사람은 승객입니다. 우리를 여기 놔두면 죽을 것이라고 생각한 거지요."

"저자들에게 무기가 있소?" 그러자 정말 다행스러운 대답이 돌아왔다.

"총 두 자루만 있을 뿐입니다. 그나마 한 자루는 보트에 있지요."

나는 선장에게 그들을 포로로 잡고 싶다고 말했다. 그러자 선장이 그들 중 진짜 악당은 두 놈뿐이며 그들을 처치하면 나머지는 고분고분 항복할 것이라고 말했다. 목표가 분명해진 셈이었다. 어쨌든 그는 내가 지시하는 대로 따르겠다고 했다.

우리는 함께 숲 속으로 몸을 숨겼다. 혹시 우리 말소리가 놈들에게 들릴까 염려되어서였다.

내가 선장에게 말했다.

"이보시오, 선장. 내가 위험을 무릅쓰고 당신들을 구해주기를 바란다면 두 가지 조건을 들어주겠다는 약속을 우선 해야겠소."

그가 흔쾌히 들어주겠다고 했다.

"첫째, 이 섬에 나와 함께 있는 동안 당신은 어떤 권한도 주장해서는 안 된다는 것이오. 오직 내 명령에 따라서만 움직여야 하오. 둘째, 만약 당신의 배를 되찾으면 나와 내 부하를 공짜로 영국까지 태워주어야 하오. 어떻소, 약속할 수 있겠소?"

그는 사람이 찾아낼 수 있는 맹세의 말을 총동원하여 두 조건을 반드시 지키겠다고 말했다. 그에게 머스킷 총 세 자루와 화약과 총알들을 주었다. 방법은 간단했다. 그들이 누워 있는 동안 일제 사격을 퍼붓는 것이었다. 그때 항복해 오는 놈은 받아주고 나머지는 하느님께 맡기기로 했다.

선장은 그 두 명의 악당만 빼고는 아무도 죽이고 싶지 않다고 매우 점잖게 말했다. 그리고 그놈들은 무슨 수를 써서든 죽여야 한다고, 만일 그들이 살아 돌아가서 배에 있는 동료들을 데리고 오면 만사가 끝장이라고 말했다. 나도 그의 의견에 전적으로 동의했다.

우리가 대화를 나누는 도중에 그들 중 두 명이 잠에서 깨어난 것 같았다. 얼마 안 있어 그 두 명이 일어나는 것이 보였다. 그중에 반란 주동자가 있느냐고 물었다. 그가 없다고 대답하자 내가 말했다.

"좋소, 그렇다면 저 두 명은 자리를 뜨게 놔둡시다. 저놈들 목숨을 살려주려고 하느님이 잠을 깨우신 것 같소."

두 명이 자리를 뜨고 사라지자 선장은 두 동료와 함께 소리를 지르며 공격에 나섰다. 그 소리에 선원 한 명이 동료를 깨우려 했다. 하지만 때는 이미 늦었다. 앞서가던 선장의 두 동료가 총을 발사하자, 한 명은 즉사했고 다른 한 명은 중상을 입었다. 중상을 입은 놈은 몸을 일으키며 동료들에게 구원을 요청했다. 하지만 선장이 개머리판으로 머리를 내리치자 놈은 숨을 거두었다.

내가 현장에 도착했을 때 놈들은 이미 제압을 당한 상태였다. 놈들 일행 중 한 명은 총격에 경상을 입었다. 그들은 자비를 베풀어달라고 애원했다. 선장은 그들이 저지른 잘못을 반성하고 배를 되찾는 일에 충성을 바치겠다고 맹세하면 살려주겠다고 말했다. 그들은 입이 닳도록 충성을 맹세했다. 선장은 그들의 애원을 받아들였다. 나도 그 결정에 반대하지 않았다. 다만 그들이 섬에 있는 동안 양손과 양발을 묶어두라고 지시했다.

그사이 나는 프라이데이와 선장의 항해사를 시켜 보트를 확보하고 노와 돛을 치워놓으라고 명령했다. 그들은 명령을 잘 수행했다. 얼마 안 있어 총소리를 들은 세 명의 선원이 돌아왔다. 그들은 섬을 돌아보느라 보트에서 멀리 떨어져 있었던 것이다. 그들은 저항할 생각도 못 한 채 항복했다. 이렇게 해서 우리는 깔끔한 승리로 일을 마무리 지었다.

상황이 종료되자 선장과 이야기를 나누었다. 그는 내 지난 이야기를 듣고 감동을 받은 듯 눈물을 줄줄 흘렸다. 그러면서 한동안 말문을 열지 못했다. 이윽고 그들을 언덕 꼭대기 내 집으로 안내했다. 그들에게 음식을 대접하고 난 뒤 오랫동안 섬에 살면서 내가 만들고 써온 각종 물건을 보여주었다. 그들이 감탄했음은 물론이다. 선장은 특히 내 요새에 대해 경탄했다. 그에게 별장도 보여주고 싶었지만 참았다. 우선은 배를 되찾는 방법을 궁리해야 했기 때문이었다.

선장 말에 따르면 본선에는 자신들을 포함해 섬으로 온 열한 명 외에 아직 스물일곱 명의 선원이 남아 있었다. 선장은 말했다.

"그들은 모두 맹렬히 저항할 것입니다. 이미 이 음모에 가담했으니 돌아가봤자 교수형을 당할 걸 빤히 알고 있기 때문이지요. 자포자기에 빠진 철면피들로 보아야 합니다. 그러니 우리 같은 적은 인원으로 그들을 공격한다는 건 불가능합니다."

그의 말은 일리가 있었다. 하지만 선택의 여지가 없었다. 가만히 있으면 놈들이 섬에 상륙하여 우리를 공격할 것이 뻔했다. 어떤 방법을 쓰든 놈들을 급습하는 수밖에 없었다. 우리는 함께 머리를 짜냈다.

그때 갑자기 대포 소리가 들렸다. 본선에서 나는 소리였다. 배 위에서 깃발을 휘두르고 있는 선원들의 모습이 보였다. 그러나 보트가 꼼짝 않자 그들은 여러 차례 대포를 더 발사했다. 아무리 해도 보트가 꼼짝 않자 다른 보트를 바다에 내리는 것이 보였다. 곧이어 선원들이 보트에 타고 섬을 향해 출발하는 모습이 망원경에 들어왔다. 적어도 열 명 이상이 보트에 타고 있었으며 모두 무기를 소지하고 있었다.

본선은 해안에서 얼마 안 되는 곳에 정박해 있었기 때문에 그들이 보트를 타고 해안까지 오는 모습을 똑똑히 지켜볼 수 있었다. 선원들 얼굴까지 또렷이 보여 선장은 그들의 정체와 성격을 파악할 수 있었다. 그가 말했다.

"저들 중 세 명은 정직한 자들입니다. 강압과 협박 때문에 어쩔 수 없이 반란에 가담한 게 틀림없습니다. 하지만 우두머리인 갑판장과 나머지 놈들은 극악무도한 악당들입니다."

그는 약간 두려워하는 것 같았다. 나는 웃으며 말했다.

"우리 같은 처지에 두려움은 어울리지 않소. 죽든 살든 지금 상황보다는 낫지 않겠소? 오히려 저놈들 목숨이 우리 손에 달린 셈이오."

내가 명랑한 목소리로 말하자 선장도 크게 용기를 얻었다. 우리는 우선 사로잡은 포로들을 선별했다. 선장에게 충성을 맹세한 두 명은 나를 돕게 했다. 그리고 나머지 포로들은 프라이데이를 시켜 감금하게 했다. 이렇게 해서 우리 편 일행은 총

일곱 명이 되었다. 이 정도면 열 명쯤의 적은 충분히 감당하리라고 믿었다. 더욱이 그들 중에는 반란에 가담할 생각이 없었던 정직한 자가 세 명 끼어 있다지 않은가. 자신이 있었다.

뭍에 내린 그들은 제일 먼저 보트로 달려갔다. 그들은 보트가 텅 빈 것을 보고 아연실색했다. 그들은 동료들의 응답을 기대하는 듯 총을 몇 방 쏘았다. 하지만 아무 응답이 없자 다시 자기네 보트에 오르더니 본선을 향해 노를 저었다. 선장은 그들이 돌아가면 본선이 그냥 이곳을 떠날지도 모른다는 생각에 안절부절못했다.

그런데 잠시 후 그들이 다시 해안으로 돌아왔다. 아마 동료들을 한 번 더 찾아보기로 의견을 모은 것 같았다. 그들은 뭍에 내리자 세 명만 보트에 남고 나머지는 동료 수색에 나섰다. 우리로서는 진퇴양난이었다. 뭍에 내린 자들을 공격하자니 그 소리에 보트가 도주해버릴 게 분명했다. 그러면 본선은 닻을 올리고 떠나버릴 터였다. 그렇다고 보트를 공격할 수도 없었다. 보트를 지키고 있던 자들이 해안에서 제법 멀리 떨어진 바다로 보트를 끌고 가 닻을 내리고 동료들을 기다리고 있었기에 그들을 공격한다는 것은 불가능했다.

우리는 일이 돌아가는 대로 지켜보는 수밖에 없었다. 얼마나 시간이 흘렀을까. 섬을 수색하던 놈들이 보트로 돌아오는 게 보였다. 아마 사라진 동료들을 죽은 것으로 치부하고 그냥 돌아가기로 결정한 것 같았다. 그냥 두고 보다가는 모든 일이 물거품이 될 상황이었다. 그때 내게 계략이 하나 떠올랐다. 그리고 그 계략은 기가 막히게 들어맞았다.

나는 프라이데이와 항해사를 프라이데이를 구출했던 샛강 어귀로 보냈다. 그리고 그곳 작은 언덕에 올라가 고래고래 고함을 지르라고 지시했다. 보트로 돌아가던 선원들이 그 소리를 듣고 응답하면 이번에는 화답을 하면서 길을 빙 돌아 그들의 시야에서 사라진 후, 그들을 내륙 가장 안쪽 깊은 숲으로 유인하라고 했다. 그리고 그들을 유인한 다음에는 다시 이곳으로 돌아오라고 말했다.

모든 것이 예상대로였다. 보트로 돌아가려던 놈들은 프라이데이와 항해사가 "이보게들!"이라고 큰 소리로 외치자 응답하면서 해안을 따라 서쪽으로 내달렸다. 그런데 갑자기 샛강 어귀가 나타나 그들의 길을 막았다. 마침 밀물 때여서 그들은 강을 건널 수 없었다. 그들은 바다에 정박해둔 보트를 향해, 빨리 이곳으로 와서 자신들을 태우라고 소리 질렀다. 정말이지 예상대로 일이 진행되고 있었다.

이윽고 보트가 샛강 어귀로 왔고 그들은 모두 보트에 올랐다. 그리고 육지 깊숙한 곳까지 들어섰다. 그들은 그곳에 보트를 세운 후 두 명의 보초만 남긴 채 모두 수색에 나섰다. 그러니 샛강 기슭 작은 나무 둥치에 고정시킨 보트에는 단 두 명의 선원만 남은 셈이었다. 바로 내가 원하던 바였다.

나는 프라이데이와 항해사에게 지시한 대로 하라고 말한 후 나머지 인원들을 데리고 보트로 가 남은 두 명을 그들이 눈치챌 틈도 없이 덮쳤다. 한 명이 벌떡 일어나는 것을 선장이 단번에 때려눕혔다. 선장은 다른 한 명에게는 항복하라고, 그러지 않으면 죽여버리겠다고 소리쳤다. 그는 단번에 항복했다. 다행히 그는 반란에 적극적으로 가담하지 않은 선원이었다. 그는 당장에 우리 편이 되었다.

그사이 프라이데이와 항해사는 맡은 역할을 너무나 잘 수행했다. 그들은 따라오는 녀석들에게 계속 "어이, 여보게들"이라고 소리 지르며 그들을 이 산에서 저 산으로, 이 숲에서 저 숲으로 끌고 다녔다. 그들은 완전히 녹초가 되었다. 둘은 녀석들이 이제 충분히 지쳤다고 생각했을 때 우리에게로 돌아왔다. 이제 그들이 돌아오기를 기다리고 있다가 급습을 가해 끝장내는 일만 남은 셈이었다.

그들이 보트로 돌아온 것은 프라이데이가 돌아오고 여러 시간이 지나서였다. 그들은 빨리 따라오라는 둥, 다리가 아파서 도저히 못 걷겠다는 둥, 완전히 녹초가 되었다는 둥, 투덜대고 있었다.

마침내 그들이 보트에 도착했다. 하지만 썰물이 빠져나가 보트는 꼼짝 못 하고 좌초되어 있었다. 게다가 보트를 지키던 두 명도 없어졌으니 그들이 너무나 놀란 것은 당연했다. 그들은 귀신 들린 섬에 온 게 틀림없다며 모두 공포에 질렸다. 소리소리 두 동료의 이름을 외쳤지만 대답이 있을 리 없었다. 그들은 자포자기에 빠져 여기저기 뛰어다녔다. 그런 다음 가끔 보트에 가서 앉기도 했다. 그들은 그렇게 휴식과 탐색을 반복했다.

내 부하들은 이제 그들을 습격할 때라며 내게 허락해줄 것을 간청했다. 하지만 나는 기다리라고 했다. 가능하면 사망자를 줄이고 싶었고 살아남은 자를 사로잡아 이용하고 싶었다.

또한 그들도 무장을 했으니 내 부하들이 다칠 수도 있었다. 우리는 그들을 확실하게 제압하기 위해 낮은 포복으로 그들에게 좀 더 가까이 갔다. 그들이 분산되기를 기다렸다. 그리고 드디어 기회가 왔다. 반란 사건 주모자인 갑판장 녀석이 일행 두 명과 함께 우리가 매복해 있는 곳 가까이로 온 것이다. 그들이 다가오자 선장과 프라이데이가 벌떡 일어나 그들을 덮쳤다.

갑판장은 그 자리에서 즉사했으며 뒤따라오던 한 녀석은 관통상을 입고 쓰러졌다가 곧 숨을 거두었다. 나머지 한 놈은 도망쳤다.

총소리에 맞춰 나는 전 병력을 이끌고 즉시 진격했다. 모두 여덟 명이었다. 그들은 완전히 전의를 상실한 채 얼이 빠져 있었다. 우리 편이 된 선원에게 그들 이름을 불러 항복을 권유하라고 했다. 그가 이름을 불렀다.

"어이, 톰 스미스, 톰 스미스!"

그러자 어둠 속에서 즉각 대답이 들렸다.

"누구야, 로빈슨인가?"

"그래, 나 로빈슨이야. 제발 부탁이니 무기를 버리고 항복하게. 안 그러면 자네들은 모두 죽은 목숨이야.”

“항복하라니? 아니 누구에게 항복하란 말인가?”

“여기 우리 선장님과 그 부하 오십 명이 있네. 갑판장 놈은 죽었네. 윌 프라이는 부상을 입었고 나는 포로로 잡혔어. 자네들, 항복하지 않으면 모두 끝장날 걸세.”

더 이상 길게 말할 것도 없다. 그들은 모두 무기를 버리고 항복했다. 그리고 목숨만 살려달라고 애원했다. 그들을 모두 결박시켰다. 이리하여 실제로는 여덟 명에 불과한 우리 ‘오십 명 대군’이 그들을 일망타진한 것이다.

이제 본선을 탈환하는 일만 남았다. 내게는 계획이 있었다. 선장에게 그 계획을 말해주자 선장은 놀라며 기뻐했다. 그 전에 선장과 상의할 일이 있었다. 믿고 우리의 계획에 가담시킬 수 있는 자와 그렇지 않은 자를 분류하는 일이었다. 결국 배를 탈환하기 위해 작전에 나설 병력은 다음과 같이 결정되었다.

1. 선장과 그의 항해사 그리고 그를 따라온 승객 한 명
2. 선장이 정직하다고 말한 포로 두 명

3. 손발을 묶어 별장에 가두어둔 포로 중 선장의 제안으로
   풀어준 포로 두 명
4. 마지막으로 풀어준 다섯 명

이렇게 해서 선장 쪽 병력은 총 열두 명이었다. 그리고 선장이 질이 나쁘다고 말한 나머지 포로들은 동굴 집에 가두어두었다. 프라이데이는 그들을 감시하기 위해 나와 함께 섬에 남았다.

선장은 두 보트에 병력을 나누어 실었다. 그리고 배를 향해 출발했다. 내가 선장에게 말해준 계략은 사실 간단한 것이었다. 우선 로빈슨이 큰 소리로 배의 선원들에게 무사히 선원들과 배를 구출해 왔다고 말한다. 그리고 가능한 한 많은 선원을 한 곳으로 모이게 해 이런저런 잡담을 한다. 그사이 선장과 부하들이 배에 올라 반란 선의 새 선장과 나머지를 해치운다.

일은 계획대로 되었고 무기를 든 선장과 항해사와 부하들이 선원들 모르게 배에 뛰어올랐다. 그들은 후갑판 선실에 누워 있던 반란 선의 새 선장을 해치우는 데 성공했다. 새 선장이 죽자 모두 옛 선장에게 항복했고 아무 인명 피해 없이 배

는 점령되었다.

배를 탈환하자마자 선장은 대포 일곱 발을 쏘라고 명령했다. 성공할 경우 내게 보내기로 약속한 신호였다. 새벽 2시가다 될 때까지 그 신호를 학수고대하며 뚫어져라 배를 바라보고 있던 내가 얼마나 기뻐했을지 여러분은 짐작이 갈 것이다. 그 소리를 들은 뒤 나는 긴장이 풀려 자리에 누웠다. 그리고곧 깊은 잠에 빠져들었다. 그런데 얼마 지나지 않아 대포 소리에 깜짝 놀라 깨어났다.

"총독님, 총독님!"

그리고 나를 부르는 소리가 들렸다. 선장이었다. 선장은 작전이 시작되고 나서부터 나를 총독님 또는 사령관님이라고부르곤 했다.

헐레벌떡 언덕 위까지 올라온 그가 양팔로 나를 껴안더니배를 가리키며 말했다.

"당신은 우리의 구원자이자 친구입니다. 저기 당신 배가 있습니다. 저 배는 당신 겁니다. 저 배뿐 아니라 우리 모두가, 저배에 있는 모든 것이 당신 겁니다."

나는 배로 눈길을 돌렸다. 배는 해안에서 반 마일도 떨어지지 않은 곳에 정박해 있었다. 샛강 어귀까지 배를 몰고 와서 닻을 내리고 정박해둔 것이었다. 게다가 밀물 때여서 선장은 맨 처음 내가 뗏목을 부리던 곳 근처까지 배의 부속선을 몰고 와 내 거처 바로 앞에 대놓고 있었다.

'아, 이제 정말 구원되었구나! 이제 어디로든 갈 수 있게 되었구나!'

너무나 감격스러워 선장에게 한마디 말도 할 수 없었다. 그가 나를 품에 안자 나도 그를 꽉 붙들었다. 그러지 않았다면 아마 바닥에 주저앉고 말았을 것이다.

이번에는 내 차례였다. 나는 당신이 내 구원자라며 선장을 껴안았다. 우리는 함께 기쁨을 나누었다. 나는 그에게 하늘이 내게 보낸 사람이라고 말했다. 하늘을 향해 감사의 기도를 드렸다. 오, 하느님! 이토록 황량한 곳에 비참하게 버려져 있던 내게 기적과 같이 먹을 것을 주신 분, 나를 구원해주신 분!

선장은 배에서 가져온 선물들을 내게 주었다. 마치 내가 이 섬에 영원히 살 사람으로 여기고 가져온 것처럼 훌륭한 선물들이었다. 우선 최고급 독주들이 가득 찬 상자, 각각 2리터 병에 든 최고급 포도주 여섯 병이 있었다. 그리고 최고급 담배

2파운드, 고급 소고기 열두 덩이, 돼지고기 여섯 덩이, 완두콩 한 자루에다 상당한 양의 비스킷이 있었다. 그 외에도 수많은 음식물이 더 있었지만 제일 반갑고 귀중했던 것은 바로 옷들이었다. 그 옷들로 머리부터 발끝까지 완전하게 새로 차려입었다.

이제 떠나는 일만 남았다. 다만 한 가지 처리할 것이 있었다. 바로 포로 문제였다. 선장과 의논하니 그들은 정말 악독한 놈들이라서 영국에 도착하면 바로 사법 당국에 넘기겠다고 했다. 선장에게 그들을 섬에 남기자고 했다. 교수형에 처하게 하는 것보다 자비로운 형벌이 아니냐고 그를 설득했다. 결국 우리는 다섯 명의 포로를 살려주는 대신 섬에 남기기로 결정했다. 그들도 영국으로 끌려가 교수형을 당하느니 차라리 섬에 남겠다고 했다. 그들에게 자비를 베풀었다. 그들에게 내 요새를 구경시켜 준 후 빵과 곡식을 심고 포도 말리는 방법도 다 알려주었다. 그리고 섬으로 오게 될지 모를 스페인인들에 대해서도 알려주면서 그들에게 편지를 써서 맡겼다. 그리고 스페인인들을 적대적으로 대하지 않겠다는 맹세도 받아냈다. 그들에게 총 다섯 자루와 엽총 세 자루, 칼 세 자루도 주었다.

화약은 충분히 있었다. 그리고 염소 잡는 법, 젖 짜는 법, 버터와 치즈 만드는 법도 가르쳐주었다.

이 모든 일을 마친 후 드디어 배에 올랐다. 그런데 다음 날 아침 일찍 다섯 명의 포로 중 두 명이 배 바로 옆까지 헤엄쳐 와서 제발 자신들을 배에 태워달라고 애원했다. 섬에 남아 있다가는 나머지 세 명이 자신들을 죽일 거라고 했다. 그들은 당장 교수형을 당해도 좋으니 제발 배에 태워달라고 선장에게 애걸복걸했다.

선장은 자신에게는 아무 권한이 없다, 모든 결정은 저분이 내린다고 시치미를 뗐다. 하지만 선장은 그들의 애를 태운 뒤 개과천선하겠다는 맹세를 받고 그들을 배에 태웠다. 선장은 그들에게 매질을 한 후 상처에 소금을 문지르는 형벌을 내렸다. 형벌을 받고 난 그들은 아주 정직하고 얌전한 선원이 되었다.

나는 섬을 떠나면서 섬 생활을 추억할 수 있는 기념물로 염소 가죽 모자와 우산, 앵무새 등을 배에 실었다. 또한 한쪽 구석에 던져두었던 돈들도 챙겼다. 쓸모없이 뒹굴고 있었던지라 녹슬고 바래어 있었다.

이렇게 해서 마침내 1686년 12월 19일 섬을 떠났다. 섬에서 무려 28년 2개월 19일이라는 기나긴 세월을 보낸 뒤였다. 그런데 공교롭게도 그날은 내가 살레의 무어인들에게 붙잡혀 있다가 대형 보트로 탈출한 바로 그 날짜였다. 기나긴 항해 끝에 우리는 1687년 6월 11일 영국에 도착했다. 영국을 떠난 지 무려 35년 만의 귀향이었다.

에필로그

영국으로 돌아와서

영국에 돌아오니 완전히 이방인이었다. 그래도 옛날 내 돈을 관리해주었던 미망인은 살아 있었다. 하지만 그녀는 불우하게 살고 있었다. 도움을 주고 싶었지만 별 방법이 없었다.

나는 고향 요크셔로 갔다. 부모님은 모두 돌아가셨고, 두 누이와 형님 한 분의 자식 두 명이 살고 있었다. 오래전에 죽은 것으로 여겨져 유산도 없었다.

나는 포르투갈 리스본으로 가기로 결심했다. 브라질에 남겨놓고 온 내 농장 상황을 알아보고 동업자는 어찌 되었는지

정보를 얻고 싶어서였다. 결론부터 말하자면 아주 큰 부자가 되었다. 모두 나를 아끼고 도와준 선장 덕분이었다.

리스본에 도착한 후 수소문 끝에 내 오랜 친구인 선장을 만났다. 너무 반가웠다. 그는 연로한 노인이 되어 있었고 아들이 배를 물려받아 브라질 교역을 계속하고 있었다. 선장은 브라질에 가본 지도 어언 9년이 되었다고 말했다. 그는 내가 사라진 후 내 농장이 어떻게 되었는지에 대해 자세히 설명해주었다.

간단히 요약하면, 내 동업자가 절반의 소유권만으로 아주 큰 부자가 되었으며, 그가 아직 살아 있고, 그 지방 등기부에 아직 내 이름이 남아 있으므로 재산을 찾는 데 아무 문제가 없을 것이라고 했다. 그는 이어서 브라질로 가는 배편에 내가 살아 있다는 사실, 내가 그 농장의 원소유주라는 사실을 확증하는 증서를 보내주겠다고 했다. 그는 그 증서에 공증까지 받았다.

위임장을 보낸 후 일곱 달 만에 회신이 왔다. 동업자의 호의 어린 편지와 함께 현금, 설탕과 어마어마한 양의 담배, 금 등이 함께 도착했다. 정말 뜻하지 않게 5,000파운드 이상의 거액을 가지게 되었다. 또한 연간 1,000파운드 이상의 수익을 내는 부동산을 브라질에 소유한 거부가 되었다. 선장에게 진심으로 감사하며 평생 그에게 매년 일정 금액의 연금을 지급하겠다고 약속했다.

모든 것이 잘 해결된 것 같았지만 내게는 여전히 고민이 있었다. 브라질로 가서 여생을 마쳐야 할지, 아니면 영국에 계속 머물러 살아야 할지, 쉽게 결정할 수 없었다. 하지만 브라질로 가더라도 문제가 있었다. 도대체 이 많은 재산을 누구에게 맡겨 관리하게 할지가 가장 큰 골칫거리였다. 결국 영국으로 다시 돌아가기로 결심했다.

나는 브라질의 동업자에게 편지를 썼다. 우선 그토록 농장을 번성시킨 데 대해 크게 치하한 후, 내 후원자인 선장에게 농장 수익금을 전하는 방법을 알려주었다. 아주 좋은 선물들도 함께 보낸 것은 물론이다.

리스본을 떠난 나는 1월 14일 도버에 도착했다.

영국으로 온 후 브라질 농장을 처분하기로 했다. 리스본의 선장에게 내 의사를 적은 편지를 보냈다. 선장은 모든 일을 자기 일처럼 확실하게 처리해주었고 거금을 손에 쥘 수 있었다. 아 참, 한 가지. 프라이데이는 언제나 내 곁에서 충실한 내 하인 역을 수행했다. 하지만 더 솔직히 말한다면 그는 나의 소중한 벗이 되었다고 하는 게 옳으리라.

이렇게 해서 이제 모진 운명과 모험으로 가득했던 내 인생의 첫 번째 이야기는 막을 내린다. 비록 시작은 어리석었지만 감히 꿈꾸기 어려운 행복한 결말을 맺은 이야기라고 할 만하다. 누구나 이렇게 생각할 것이다. 내가 어렵사리 맞이한 행복한 삶을 버릴 리 없을 것이라고. 더 이상 모험은 감수하지 않으며 살아갈 것이라고.

물론 영국에서 어느 정도 안정된 삶을 살았다. 우선 결혼을 했다. 그리고 아들 둘과 딸 하나를 두었다. 하지만 불행히도 아내가 세상을 떠났다. 그사이 7년이 흘렀다.

그러나 내가 누구인가? 방랑 생활에 이골이 난 사람이 아닌가? 좀이 쑤셔서 좀처럼 견딜 수 없었다. 게다가 브라질에 한번 가보고 싶은 생각이 간절했다. 사실 마음 한편에는 내 젊음, 아니 젊음이 아니라 내 인생을 모두 바친 그 섬, 나의 왕국에 가보고 싶은 생각이 있었음을 솔직히 고백해야겠다. 게다가 조카가 나를 부추겼다. 그동안 형님의 두 아들, 그러니까 조카들을 맡아 키웠다. 그중 작은 조카가 내 체질을 완전히 닮았다. 그는 모험심이 강한 청년으로 자랐으며 배를 타고 교역 일을 시작했다. 스페인 항해에서 큰 성공을 거두고 돌아온 조카는 자기 배를 타고 같이 해외로 나가자고 나를 졸랐다.

내가 여생을 돌봐주고 있는 옛 선장의 미망인이 끈질기게 말렸지만 나는 결국 1694년 개인 무역상 자격으로 브라질로 가는 배에 올랐다.

이 여행 중에 내 식민지 섬을 방문했다. 그리고 내 후계자 격인 스페인인들을 만나서 모든 이야기를 들었다. 그들이 다시 섬으로 돌아왔을 때 반란 선원들이 그들을 얼마나 모질게 대했는가 하는 이야기, 결국 힘으로 그들을 제압해서 복종하게 만들었다는 이야기부터 그동안 벌어진 흥미진진한 이야기들을 모두 들려주었다. 그들은 섬에 여러 차례 상륙한 카리브인들과 전쟁을 벌였으며, 섬을 더 개발했고, 본토 대륙에 가서 남자 열한 명과 여자 다섯 명을 포로로 잡아 온 이야기도 해주었다. 내가 섬에 도착했을 때 본토에서 데려온 포로들이 낳은 이십여 명의 어린아이들이 그곳에 살고 있었다.

나는 섬에 20여 일 머물면서 그들에게 필요한 모든 물품을 제공했다. 그리고 영국에서 데려온 두 명의 목수와 대장장이

도 조달해주었다. 그런 후 내 소유권의 섬을 나눠서 개인들에게 배분해주었다. 그들에게 결코 섬을 떠나지 않겠다는 약속까지 받아낸 뒤 그들과 헤어졌다.

브라질로 간 나는 범선 한 척을 구해 더 많은 사람을 섬으로 태워 보냈다. 그들과 함께 많은 물품을 함께 보냈으며 신붓감으로 적당한 여자 일곱 명도 함께 보냈다.

그 후 그 섬이 어떻게 되었는지 독자 여러분은 매우 궁금할 것이다. 그 이야기는 내가 이후 겪은 10년간의 모험에 대한 책을 다시 쓰게 된다면 자세히 들려줄 수 있을 것이다.

『로빈슨 크루소』를 찾아서

　『로빈슨 크루소』는 우리가 이전까지 읽었던 작품들과는 다르다. 우리가 익히 알고 있는 소설을 비로소 읽는 기분이다. 소설이라고 하면 무엇이 떠오르는가? 우리가 일상생활에서 겪는 실제 사건들을 중심으로 이야기가 펼쳐지기를 은근히 기대하지 않는가? 그런데 우리가 이제까지 읽은 작품들 대부분은 우리가 몸담고 있는 현실에 대한 이야기가 아니었다. 작품 속에서 다루어지는 사건, 등장인물, 작품 분위기가 현실 세계와 동떨어진 오랜 옛날이거나 환상적인 세계였다. 많은 사람이 소설의 효시로 보기도 하는 라블레의 『가르강튀아』도 비

현실적인 분위기다. 그러나 『로빈슨 크루소』는 다르다. 『로빈슨 크루소』는 작가 대니얼 디포가 실제로 살았던 시대가 배경이며 이야기도 지극히 사실적이다. 그래서 『로빈슨 크루소』를 진정한 소설의 효시로 보는 학자들이 아주 많다.

하지만 『로빈슨 크루소』가 그런 이유로만 고전으로 불리는 것은 아니다. 이 소설은 우선 재미있다. 예기치 못한 사건들이 계속 이어지면서 읽는 이를 몰입하게 만든다. 그런데 또한 재미만으로 고전이 될 수는 없다. 오늘날 우리는 재미난 것이 너무 많은 세상에 살고 있으니 그것만으로 이 소설을 읽으라고 권할 수는 없다.

『로빈슨 크루소』는 무엇보다 모험소설이다. 사람에게는 본능적으로 모험심이 있다. 어린 시절, 미지의 곳에 가서 뭔가 새로운 경험을 하고 싶다는 생각을 품어보지 않은 사람이 있을까? 상상 속에서라도 낯선 곳에서 온갖 모험을 하는 자신의 모습을 그려보면서 가슴 두근거리는 경험을 해보지 않은 사람이 있을까? 『로빈슨 크루소』는 사람들 속에 들어 있는 그 모험 본능을 자극하는 소설이다.

작품의 주인공 로빈슨 크루소는 아버지의 간곡한 충고에

도 불구하고 무조건 배를 타고 멀리 가보고 싶다는 생각에 사로잡혀 있다. 안온한 삶보다는 앞날을 알 수 없는 모험에 몸을 맡기고 싶어 한다. 목적도 없다. 그냥 바다로 가고 싶다는 순수한 욕망뿐이다. 우리는 많은 것이 갖추어진 세상에 살고 있다. 그중 한두 가지만 없어도 당장 커다란 불편을 느낀다. 그뿐인가? 가만 생각해보면 별 필요 없는 것들을 더 많이 갖고 싶은 욕망에 시달린다. 자연스레 모험심은 줄어든다. 그러나 사람의 모험 본능은 줄어들지언정 없어지지는 않는다. 어떤 식으로건 모험심이 충족되기를 원한다. 그래서 우리나라 텔레비전 프로그램 「정글의 법칙」이 인기가 있다. 또한 내셔널 지오그래픽 채널에서 방영하는 「인간과 자연의 대결(Man vs Wild)」이라는 프로그램도 많은 사람이 즐겨본다. 모두 『로빈슨 크루소』의 변형들이다. 그뿐이 아니다. 톰 행크스가 주연한 「캐스트 어웨이」라는 영화, 미국 텔레비전 연작 드라마 「로스트」도 『로빈슨 크루소』의 변형이며, 화성에 홀로 남겨진 채 살아야 했던 한 식물학자 이야기를 다룬 영화 「마션」도 '화성판 로빈슨 크루소'라고 할 만하다.

　요컨대 『로빈슨 크루소』는 문명과 결별하여 자연과 홀로 대결을 벌이는 인간의 모험과 개척과 생존을 그리는 모든 작품의 원형이다.

하지만 인간이 겪는 모험은 그것만이 아니다. 굳이 자연 속에 홀로 남겨지지 않는다 하더라도 우리의 일상 삶 자체가 온갖 모험으로 이루어져 있는지도 모른다. 점점 개인주의적이 되어가는 세상에서, 사람은 누구나 삶에서 맞이하는 온갖 모험과 위기를 홀로 극복해야 하는 처지에 놓여 있는지도 모른다. 우리는 모두 난파하여 무인도에 표착한 로빈슨 크루소인지도 모른다. 흔히 현대 사회 사람들의 삶을 '군중 속의 고독'이라고 표현하지 않는가? 그런데 정작 그 모험을 해나갈 수 있는 개척 정신과 독립심은 줄어들고 있는 것이 또한 현실이다. 어떤 어려움이 닥치더라도 헤쳐 나갈 용기와 지혜가 갈수록 소중한 시대다. 『로빈슨 크루소』를 읽으면서 자기 안의 모험심과 용기를 일깨울 수 있다면, 어려움을 헤쳐 나갈 지혜를 얻을 수 있다면 더없이 큰 소득일 것이다.

영국 작가 대니얼 디포는 1660년 런던에서 상인의 아들로 태어났다. 비국교도(영국국교회에 반대하는 프로테스탄트) 계열 학교에서 학업을 마친 후 양말 장사, 모직 제품 장사, 포도주 장사 등 여러 가지 사업을 했으나 무리하게 일을 벌여서 큰 빚을 졌다(1692년에는 결국 파산 선고를 당했다). 1684년 그는 상인의 딸인 메리 터플리와 결혼해 모두 여덟 명의 자녀를 두었다. 1685년에는 로마가톨릭교도인 제임스 2세를 몰아내려고 프로테스탄트가 일으켰다 실패한 반란인 몬머스의 난에 가담했으나 다행히 사면받았다.

1688년 로마가톨릭을 국교로 삼아 전제정치를 펴려는 제임스 2세에 반대하는 명예혁명이 일어나서 프로테스탄트인 메리 2세와 윌리엄 3세 부부가 영국의 공동 통치자가 되었다. 그러자 디포는 윌리엄 3세의 측근이자 비밀 요원이 되어 정치 문건 집필 등 언론 활동을 했다. 1701년 발표한 네덜란드계 국왕인 윌리엄 3세에 대한 국민의 편견을 다룬 풍자시 「순수한 영국인」이 대표적이다. 또 1702년에는 비국교도면서 국교도인 것처럼 하여 비국교도를 탄압하자는 주장을 펼친 팸플릿 「비국교도 대책 지름길」을 출간했다. 그러나 1703년 이 팸플릿이 사실은 국교도(영국국교회)를 풍자한 것이라는 사실이 밝혀짐으로써 필화 사건을 당해 옥에 갇혔다. 옥중에서도 주간지 출판 계획을 세우며 언론인으로서 열정을 불태우던 그는, 토리당(왕당파)인 로버트 할리(옥스퍼드 백작, 후에 수상)의 도움으로 출옥하자 그의 비서로 일했다. 1704~1713년 오늘날 일간신문의 선구적인 간행물이라고 할 주간지(나중에는 주 3회)「리뷰」를 간행했다. 이런 활동들을 통해 디포는 저널리스트·정치가로서 활약하는 한편 문필가로서도 두각을 나타냈다. 그는 경쾌한 문체로 재치 있는 글을 썼기 때문에 당대의 가장 인기 있는 언론인으로 명성을 누렸다. 그사이 그는 『빌 부인의 유령 이야기』(1706)라는 실화 같은 소설을 쓰기도 한다. 그러나 그의 소설가로서 인생이 시작된 것은 1719년 세계 문학사에 영원히 이름을 남긴 『로빈슨 크루소』를 쓰면서부터였다. 59세가 되어 소설가로 데뷔했으니 늦어도 한참 늦은 셈이었다.

『로빈슨 크루소』는 출간되자마자 큰 인기를 끌었다. 출간한 지 3개월 만에 한 번에 수천 부씩 6쇄까지 찍었을 정도니 어마어마한 베스트셀러였다. 이에 힘입어 속편 격인 『로빈슨 크루소의 더 많은 모험들』과 『로빈슨 크루소의 진지한 명상』을 출간했지만 이전만큼 인기를 끌지는 못했다.

사실 『로빈슨 크루소』는 단순한 모험소설만은 아니다. 많은 사람이 연구를 통해 밝혀냈듯이 『로빈슨 크루소』에는 서구인의 식민지 경영 이념이 들어 있으며 근대 개인주의 경제 개념도 들어 있다. 또한 기독교적 종교소설이나, 청교도 정신을 구현한 소설로도 읽을 수 있다. 말하자면 18세기 유럽인, 특히 식민지 경영에 열중했던 영국인의 보편적인 사고를 이 한 작품에 응집시켜놓았다고 할 수 있다. 그래서 더욱 소중하고 의미 있는 소설이지만 바로 그 때문에 많은 사람의 반감을 사거나 비판을 받기도 한다.

이 소설을 읽으면서 독자들이 가장 불편하게 여겼을 부분이 있다. 바로 소설의 주인공 로빈슨 크루소와 야만인 프라이데이의 관계다. 로빈슨 크루소는 그를 만나자마자 자기를 '주인님'이라고 부르게 한다. 말하자면 프라이데이는 주체성이 없는 존재인 것이다. 또한 로빈슨 크루소는 그의 이름을 묻지도 않고 그를 금요일에 만났다는 이유로 '프라이데이'라고 부른다. 그를 만나기 전에는 이름도 없던 존재라는 뜻이다.

그런 존재를 죽음에서 구해준 것이, 그에게 말을 가르쳐주고 종교를 가르쳐준 것이 바로 로빈슨 크루소라는 설정이다.

그는 프라이데이 같은 '야만인'에게도 나름대로 이름이 있으며 언어가 있고 종교가 있으리라는 생각은 전혀 하지 않는다. 그는 단지 짐승과 같은 존재, 자연과 같은 존재일 뿐이다. 그런 짐승과 같은 존재를 문명화된 인간으로 만들어준 게 바로 로빈슨 크루소라는 것이다. 한쪽은 은혜를 베풀어준 은인이며 다른 쪽은 그런 은혜를 입은 수혜자다. 그렇기에 둘의 관계는 주인과 하인 관계, 지배자와 피지배자 관계가 된다.

왜 그런 일이 가능했을까? 그것은 바로 이 세상의 인간을 간단하게 둘로 나누어보았기 때문이다. '한쪽에 문명화된 유럽인이 있다면 다른 쪽에는 그렇지 못한 야만인이 있다. 그리고 문명화된 유럽인만이 진정한 인간이다'는 시각이다. 여기서 인종차별주의가 나오고, 자문화 중심주의가 나왔다. 하지만 세상은 많이 변했고, 사람들 생각도 크게 달라졌다. 세상을 문명화된 유럽인과 야만인이라는 이분법으로 나누어 보던 관점이, 여러 서로 다른 다양한 문화들이 어깨를 나란히 하며 공존한다고 보는 관점으로 바뀌었다. 심지어 문명화된 유럽인이라는 자부심이 사실상 더 야만적이라는 주장을 하는 사람도 있다. 그래서 이제는 누구도 야만인이라는 표현을 안 쓴다. 대신 원주민이라는 표현을 쓴다.

대니얼 디포가 『로빈슨 크루소』를 쓰던 때와 요즘의 생각이 얼마나 달라졌는지 확인하려면 프랑스 현대 작가인 미셸 투르니에가 쓴 『방드르디, 또는 태평양의 끝』이라는 작품을 한번 읽어보기를 권한다. 방드르디는 프랑스어로 금요일을 뜻한다. 그러니까 프라이데이의 프랑스어식 발음이다. 이 작품에도 물론 로빈슨 크루소가 등장한다. 그런데 관계가 완전히 역전되어 있다. 로빈슨 크루소라는 영국인이 방드르디라는 원주민을 만나서 이전까지의 좁은 편견에서 벗어나 새롭게 태어난다는 이야기다. 방드르디가 로빈슨 크루소의 정신적 인도자가 되는 것이다. 『로빈슨 크루소』를 읽으면서 서구인들이 아직 그런 편견에 사로잡혀 있다고 생각하고 무턱대고 비판할까 봐 덧붙인 이야기다.

『로빈슨 크루소』를 재미있게 읽었다면 오늘 하루를 모험에 가득 찬 날로 만들어보자. 오늘 하루를 무인도에서 새로운 인생을 개척하듯이 보람 있는 날로 만들어보자. 우리의 평범한 일상에도 언제나 모험은 가득하다!

『로빈슨 크루소』 바칼로레아

1 많은 사람들이 『로빈슨 크루소』를 진정한 근대소설의 효시라고 말한다. 이전의 작품들과 어떤 차이가 있기에 그렇게 여기는지 생각해보자.

2 이 소설의 주인공 로빈슨 크루소는 모험을 떠나겠다는 욕망을 이기지 못하면서도 고난이 닥칠 때마다 아버지의 충고를 따르지 않은 것을 후회한다. 위험이 따르더라도 모험에 나서는 것이 값진 삶일까, 아니면 아버지의 충고대로 현실에 만족하며 절제와 중용, 풍요와 평온을 누리며 사는 것이 값진 것일까?

3 로빈슨 크루소가 무인도에서 만난 프라이데이는 '야만인'이라고 표현된다. 겉모습만 사람일 뿐 사람이 아니라 짐승에 가까운 존재라는 뜻이다. 로빈슨 크루소는 어째서 그를 '야만인'이라고 부르는 것일까?

여러분이 만일 로빈슨 크루소와 같은 처지에 놓인다면 프라이데이를 야만인으로 취급할 것인가, 아니면 자신과 똑같은 사람으로 대할 것인가?

로빈슨 크루소

생각하는 힘: 진형준 교수의 세계문학컬렉션 15

| 펴낸날 | 초판 1쇄 2017년 9월 1일 |
| | 초판 2쇄 2018년 1월 17일 |

지은이	대니얼 디포
옮긴이	진형준
펴낸이	심만수
펴낸곳	(주)살림출판사
출판등록	1989년 11월 1일 제9-210호

주소	경기도 파주시 광인사길 30
전화	031-955-1350 팩스 031-624-1356
홈페이지	http://www.sallimbooks.com
이메일	book@sallimbooks.com

| ISBN | 978-89-522-3763-7 04800 |
| | 978-89-522-3718-7 04800 (세트) |

※ 값은 뒤표지에 있습니다.
※ 잘못 만들어진 책은 구입하신 서점에서 바꾸어 드립니다.

이 도서의 국립중앙도서관 출판시도서목록(CIP)은 서지정보유통지원시스템 홈페이지
(http://seoji.nl.go.kr)와 국가자료공동목록시스템(http://www.nl.go.kr/kolisnet)에서
이용하실 수 있습니다.(CIP제어번호: CIP2017019470)